ALPHAPOLIS
WEB CITY SINCE 2000

お人好し職人のぶらり異世界旅 5

A L P H A L I G H T

電電世界
DENDENSEKAI

アルファライト文庫

ココ
Bランク冒険者の
犬獣人の女性。
卓越《たくえつ》した剣の腕前を持つ。
石川《いしかわ》良一《りょういち》
電気工事店を営《いとな》んでいた青年。
分身をはじめ、様々なチート能力を
駆使《くし》して今日も人助け。
ヨシュア
ココノツ諸島《しょとう》から来た
商人の青年。
ココとは幼馴染《おさななじ》み。
マアロ
食いしん坊なエルフの女の子。
回復魔法が得意な神官。

みっちゃん
腕時計型端末《たんまつ》のAIだったが、
人工人体を手に入れた。
キャリー
凄腕《すごうで》のAランク冒険者。
女子力が抜群《ばつぐん》に高い
おじさん。
メア
モアの姉で、
異世界に来た良一の
妹になった女の子。
真面目《まじめ》で勉強熱心。
モア
良一の妹になった女の子。
元気いっぱいな
ムードメーカー。
CHARACTERS

一章　デルトランテの攻防

スマートフォンサイトで怪《あや》しげなバナー広告をクリックしたことで、異世界スターリアに転移した青年、石川良一《いしかわりょういち》。

神様から授《さず》かったチート能力や頼《たよ》れる仲間に恵まれた彼は、行く先々で多数の功績《こうせき》を挙《あ》げ、カレスライア王国の貴族になった。

領地としてメラサル島のイーアス村一帯を賜《たまわ》り、村の発展に努《つと》めていた良一だったが、第五王女スマルの要請《ようせい》を受けて、今は使節団の一員として隣国《りんごく》のマーランド帝国を訪問している最中だ。

しかし、良一達の旅が平穏《へいおん》無事で済むはずもなく……邪神《じゃしん》の襲撃《しゅうげき》や大精霊との邂逅《かいこう》など、次々と予想外のトラブルに見舞《みま》われることに。

特に、良一の義理の妹であるモアに、大精霊の宿木《やどりぎ》たる証《あかし》〝双精紋《そうせいもん》〟が刻《きざ》まれるという事態は、帝国の重鎮達《じゅうちんたち》に大きな衝撃《しょうげき》を与えた。

帝国側は、その建国の歴史から精霊との関係を重視している上に、帝室にゆかりのある大精霊と縁《えにし》を結《むす》んだモアの存在を無視できない。しかし彼女は王国貴族石川良一の親族であり、過剰《かじょう》に厚遇《こうぐう》すると外交的に問題が生じる。

こうした微妙《びみょう》な状況を受けて両国上層部が協議を行なった結果、良一は新《あら》たに男爵位《だんしゃくい》を授《さず》かり、特別交渉官《こうしょう》として帝国内を自由に行動する権利を得たのだった。


帝都マーダリオンを離《はな》れ、使節団とは別行動をすることになった良一達一行は、二台の竜車に分乗して、整備《せいび》された道を進んでいた。

「良一兄ちゃん、これからどこに行くの？」

対面に座っているモアの質問に、良一が返答する。

「これからマーランド帝国の西側にある町、デルトランテに行くんだよ」

「デリュトランテ？」

「デルトランテだよ、少し発音が難《むずか》しいな」

「デルトランテ」

「ちゃんと言えたな、すごいぞ、モア」

綺麗《きれい》に発音できて嬉《うれ》しいのか、得意げな笑《え》みを浮かべるモアに、両隣に座る二人の少女が拍手《はくしゅ》をする。

「素晴らしいわ、モア。失敗にもめげずに、ちゃんと成功したんだもの」

「セラの言う通りなのです。やっぱりモアはできる子なのです」

モアを褒《ほ》めたたえる二人の可憐《かれん》な女の子の名前は、セラとシーア。見た目はモアとそう変わらない十歳前後の少女そのものだが、その正体《しょうたい》は大精霊の子供――未来の大精霊――である。

二人はモアのことが大好きで、マーランド帝国の大人達がモアを怖《こわ》がらせた際には、怒りを隠《かく》そうともせずに、強大な力で周囲を威圧《いあつ》して黙《だま》らせた。

「モアも元気になって良かったわ」

「そうです。モアが笑っていてくれて嬉《うれ》しいのです」

セラとシーアの言葉を受けて、モアも二人に笑顔を振《ふ》り撒《ま》く。

そんな三人を微笑《ほほえ》ましく思いながら、良一は自分の右に座る高性能アンドロイドのみっちゃんに話しかけた。彼女は帝都における邪神の襲撃で大きな損傷《そんしょう》を負《お》ったが、今は問題なく良一の秘書の役割を果たしている。

「みっちゃんはデルトランテの情報を教えてもらっているんだよね」

「はい、帝都にて情報を入手しております。デルトランテは、神殿が二つもある大規模な都市で、人口は帝国内でも三本の指に入ります。多様な民族が生活する帝国の中でも、獣人や鳥人、魚人と呼ばれる、人と動物の特徴《とくちょう》を併《あわ》せ持つ種族が特に多いそうです」

帝都を発《た》つ前に、帝国の内務大臣であるツユブル伯爵《はくしゃく》から手に入れた情報である。

「獣人さんか～、ココ姉ちゃんやスロントさんみたいな人だよね」

獣人というワードに興味を持ったのか、モアが会話に加わった。

ココは良一達と行動を共にしている犬獣人の女剣士で、スロントは家宰《かさい》としてイーアス村を切り盛《も》りしている象の獣人だ。

「そうだよ。帝都にもいたけど、話す機会はあまりなかったな」

みっちゃんの帝国情報に耳を傾《かたむ》けながら竜車に揺《ゆ》られ、良一達は一路《いちろ》デルトランテを目指したのだった。

◆◆◆

——数日後。

良一達の竜車は目的地であるデルトランテに着いた。

車窓《しゃそう》から見える外の景色は、帝都とはまた違った趣《おもむき》がある。

デルトランテは土壁《つちかべ》の建物が立ち並び、都市全体が落ち着いたオレンジ色にまとまっている。

竜車から降りて胸一杯に空気を吸い込むと、食欲をそそるスパイシーな匂いがした。

刺激的な香辛料の香りは異国情緒《いこくじょうちょ》に溢《あふ》れていて、自然と気分が上がる。

「ほあぁ……！」

初めて嗅《か》ぐ匂いに、モアは感嘆《かんたん》の声を漏《も》らした。

セラとシーアも鼻をクンクンしながら物珍《ものめずら》しそうに周囲を見ている。

「あら、モアちゃん達もこの匂いにはまだ慣れていないみたいね」

後ろの竜車に乗っていたAランク冒険者のキャリーが、良一達に合流して声をかけた。

彼の後ろからその他の面々――モアの姉のメアと、水の神に仕《つか》える神官マアロ、カレスライア王国の公爵令嬢《こうしゃくれいじょう》であるキリカも続いてくる。

皆《みんな》長旅で凝《こ》り固《かた》まった体を伸《の》ばしながら、景色を見まわしている。

そんな中、良一はしきりに鼻をこすっているココに気がついた。

「やっぱり鼻が良いと、この匂いはキツいのか？」

「そうですね、ちょっと気にはなります。……でも、不快ではないので、時間が経《た》てば慣れると思います」

しばらく皆で町の感想を言い合っていると、二人組の男女が近づいてきた。

「大精霊様方、双精紋を持つ石川モア様、並びに保護者である石川男爵。ようこそいらっしゃいました」

二人揃《そろ》って折り目正しく深々と頭を下げた後、男性の方が一歩進み出た。

褐色《かっしょく》の肌にスッキリとした目鼻立ちで、まさに正統派イケメンといった風貌《ふうぼう》だ。

「デルトランテを治《おさ》めるデル侯爵家《こうしゃくけ》の長男、カロス・レン・デルです。皆様を歓迎いたします」

「カレスライア王国男爵、石川良一です。お出迎《むか》えありがとうございます」

「皆様がデルトランテに滞在《たいざい》する間は、私が案内を務《つと》めさせていただきます」

握手《あくしゅ》を交わすと、その手は予想以上に力強く、日頃から剣を振り、鍛《きた》え込んでいるのがわかる。優雅《ゆうが》な所作《しょさ》といい、隙《すき》のない服の着こなしといい、単なる貴族の坊《ぼっ》ちゃんという以上の魅力《みりょく》を備《そな》えた人物だ。

もっとも、帝国嫌いのマアロと、人間にほとんど興味のないセラとシーア、まだ子供のモアなど女性陣の大半が、それほど彼に興味を示していないようだが。

カロスは挨拶《あいさつ》を終えると、自分の後ろに控《ひか》える女性を紹介した。

「彼女はデル侯爵家騎士団の副長、ナタリアです」

「カロス様の副官をしているナタリアと申します」

ナタリアの髪はくすんだ銀色で、カロスと同じく褐色の肌に銀縁《ぎんぶち》の眼鏡《めがね》をかけている。眼鏡の奥の目は切れ長《なが》で、いかにも優秀《ゆうしゅう》そうな雰囲気《ふんいき》を纏《まと》っていた。

厚手《あつで》の鎧《よろい》の上からでも、鍛えられた体格とプロポーションの良さが見てとれる。

良一は彼女にもカロス同様、只者《ただもの》ではないという印象を抱《いだ》いた。

「皆様竜車の旅でお疲れでしょう。どうぞこちらへ」

カロスはそう言って、良一達を侯爵家の屋敷へ案内した。

竜車を降りてから少しばかり歩いたところにある侯爵邸の門前で、良一達一行は唖然《あぜん》としていた。

目の前にそびえ立つのは、五階建《だ》ての大きな城。まるで皇帝が住むような、豪奢《ごうしゃ》な建物だ。

「随分《ずいぶん》と大きな建物ですね……」

皆が建物を仰《あお》ぎ見ながらポカンとしている中、他の者達よりも一足先に我に返った良一が、全員の言葉を代弁した。

「ええ、歴代《れきだい》の家長《かちょう》が増築《ぞうちく》を重《かさ》ねて現在の大きさに至《いた》っています。初代皇帝陛下の代から帝国に仕える、デル家の誇《ほこ》りそのものです」

どうやら、元々はこんなに大規模ではなかったらしい。この侯爵邸はデル家が積《つ》み重ねてきた歴史であり、長く帝国に奉仕《ほうし》してきた証なのだろう。

カロスの口ぶりからも、そのデル家の者であるという自負《じふ》が感じられた。

「通りに沿《そ》って町の東には〝貨幣《かへい》の神ビエス〟様の神殿。西には〝剣神《けんしん》カズチ〟様の代弁者、〝剣聖《けんせい》ボウス〟様の神殿があります」

カロスはそう言いながら、侯爵邸の前の広場から伸びる二本の道の先をそれぞれ指で示す。

　この二つの神殿が、良一達が帝都を出てデルトランテに逗留《とうりゅう》する理由だ。

　神殿に興味津々《きょうみしんしん》といった様子の良一達に苦笑《くしょう》しながら、カロスは今日の予定を告《つ》げる。

「ご興味が尽《つ》きないでしょうが、デルトランテ観光は明日になります。本日はこのデルトランテ随一《ずいいち》の料理人を呼んでご馳走《ちそう》を用意していますので、英気を養《やしな》うためにも、屋敷でごゆっくりおくつろぎください」

　カロスとナタリアに連《つ》れられて侯爵邸の中へと足を踏《ふ》み入れてからも、驚《おどろ》きの連続だった。

　特に目を引いたのは、良一の身長の三倍はありそうな大きさのモンスターの毛皮だ。縞《しま》模様《もよう》から虎《とら》のようなモンスターのものだと推測されるが、色は黄色と黒ではなく、赤と黒。見るからに禍々《まがまが》しい。

「良一兄さん、この毛皮、凄《すご》く大きいですね。色もなんだか怖いです……」

「本当だな……メラサル島で戦ったシャウトベアキングよりも大きいぞ……」

　メアと良一が壁《かべ》に掛けられた毛皮をまじまじと見上げていると、カロスが声をかけてきた。

「いかがですか、デーモニアタイガーの毛皮は?」

「凄いですね。毛皮からも生前の力強さが感じられますよ」

「このデーモニアタイガーは、五年前にゲイル第一皇子と我《わ》がデル侯爵家騎士団が共闘《きょうとう》して討伐《とうばつ》したのです」

「ゲイル皇子がですか！」

「ええ、私も討伐の際には戦闘を指揮していました。その中でも、ゲイル第一皇子の活躍はめざましく、果敢《かかん》にデーモニアタイガーに斬《き》りかかり、討伐を成《な》し遂《と》げたのです」

「皇子には帝都でお会いしましたが、確かに、自《みずか》ら前線に立たれるような方でした」

良一は覇気《はき》に満ち溢れるゲイルの姿を思い出した。

少々型破《かたやぶ》りな性格の彼は、邪神との戦いの際に突如《とつじょ》現れ、鍛えこまれた肉体と大剣を操《あやつ》って助力してくれたのだ。

「ゲイル第一皇子は、デルトランテにある剣聖ボウス様の神殿によく修業《しゅぎょう》に来られます。デーモニアタイガー討伐の際も偶然《ぐうぜん》町にいらしていて、騎士団の包囲が崩《くず》れそうになったまさにその時、颯爽《さっそう》と現れて助太刀《すけだち》してくださったのです。あまりにも絶妙《ぜつみょう》なタイミングで、心底驚きましたよ」

呆《あき》れたように笑いながら語るカロスだが、言葉の端々《はしばし》からゲイルを信頼していることを感じさせる。

「そうだったんですか。なんというか……ゲイル第一皇子らしいですね」

良一がカロスと談笑《だんしょう》していると、突然、甲高《かんだか》いラッパの音がホールに響《ひび》き渡った。

短いメロディーが終わると、それっきりラッパの音はピタッと止んだ。

「デル侯爵閣下《こうしゃくかっか》のお出ましです」

ラッパを吹いていた若い男性がそう告げた。

見ると、老齢《ろうれい》の男性が玄関ホールの中央にある大階段を下りてきていた。

カロスと同じ色黒の肌に、もじゃもじゃとした短い白髪《はくはつ》。ゆったりとした白い服はシンプルなデザインながら、明らかに高級品であるのがわかる。

しかし、中でも一際《ひときわ》目に付くのは豊かな白い髭《ひげ》だ。

鼻の下や頬《ほお》、顎《あご》のあたりから六本のまとまりが左右に伸び、毛先はくるりとカールしている。

この特徴的な髭が、侯爵の厳《いか》めしい顔にただならぬ存在感を与えていた。

帝国の貴族の中にも髭が立派な人達がいたが、良一はこれほどの人を見たことがなかった。

メアやモア達もその髭に度肝《どぎも》を抜かれて、目を白黒させている。

「やはり私の自慢の髭は皆の目を引きつけてしまうようだな」

侯爵がその風貌に見合う渋《しぶ》い声音《こわね》で話しかけてきた。

そこでようやく良一も我に返り、自分がどのような状況にいるのかを思い出す。

「ご挨拶が遅くなり申し訳ございません。カレスライア王国男爵の石川良一です」

「デル侯爵家の当主、カルデン・レン・デルだ。石川男爵一行の訪問、デルトランテをあげて歓迎しよう」

「ありがとうございます」

「この町にいる間は、ここを自分の家だと思ってくつろいでほしい」

侯爵との挨拶を終えた良一達は、客室に通された。

デルトランテに滞在する間は、侯爵邸に泊めてもらえることになっているのだ。

案内の執事《しつじ》が部屋を去ると、ようやく人心地《ひとごこち》がついた気がした。

良一は椅子《いす》に座り、張りつめていた気持ちをほぐすように体を伸ばす。

「デル侯爵もカロスさんも良い人そうだな」

「そうね、カロスさんもイケメンだったけど、侯爵様も渋くていい男だったわね」

テーブルを挟《はさ》んで向かいに座るキャリーがそう返事をした。

「良一もあの髭を見たでしょう。あなたもデル侯爵閣下のように髭を生《は》やせば、威厳《いげん》が出るんじゃないかしら」

メイドが用意してくれた紅茶を飲みながら、キリカが面白《おもしろ》がって提案した。

良一も自分の顎に手を当てて考えるが……

「うーん……俺が髭を生やしても、威厳なんか出るか？」

イーアス村にいた時は、たまに髭を剃《そ》るのを忘れて、無精髭《ぶしょうひげ》が伸びていたこともあったが、モアやココの顰蹙《ひんしゅく》を買ってしまった。

それ以来彼は、どれだけ忙しくても髭は剃るようにしている。

「まあ言い出したのは私だけど、やっぱり良一は髭がない方がいいと思うわ。まだ若いし」

年下のキリカに若いと言われるのもおかしな話だが、自分に髭が似合わないのはわかっているので、良一は素直《すなお》に頷《うなず》いた。


雑談を交わしながら時間を潰《つぶ》していると、あっという間に夕食の時間になった。

執事の案内で食堂に行くと、テーブルの上にはデルトランテ名物の料理が所狭《ところせま》しと並べられていた。

街中で嗅いだスパイスや香辛料がふんだんに使われている肉料理がメインのようだ。

デル侯爵やカロス達も席に着いたところで、食事が始まった。

モアは待ちきれないといった様子で、早速《さっそく》肉料理にかぶりつく。

「んー！　美味《おい》しいよ、良一兄ちゃん！」

「こら、モア。お行儀《ぎょうぎ》よく食べなさい」

今にも席を立って全身で美味しさを表現しかねないモアを窘《たしな》めながら、良一も料理を口に運ぶ。

一口かじると、肉汁に溶《と》け込んだスパイスが口の中で広がり、良一は思わず目を見開いた。

胡椒《こしょう》のようなピリピリとした刺激を舌に感じ、心なしか自分の吐く呼吸も熱い気がするが、それが癖《くせ》になり、次から次へと手が伸びてしまう。

口の中の熱は、一緒に出された牛乳で割ったお酒を飲むと、その甘さとまろやかさで中《ちゅう》和《わ》される。そしてまた肉料理が欲しくなるといった塩梅《あんばい》で、酒も食もよく進む。

大人でも少し刺激が強い味を、幼いモアが美味しそうに食べているのが不思議だったが、どうやら子供向けにスパイスを少量にしたものが用意されていたようだ。

モアがパクパクと料理を頬張《ほおば》る横で、食いしん坊のマアロも子供向けの肉料理をむさぼっている。

最初はマアロにも大人向けの料理が出されていたが、スパイスが強すぎて食が進んでいなかった。しかしメアから子供向けのものを少し分けてもらうと、これが口に合ったのか、マアロはすぐにメイドに同じものを頼んだ。

そんな良一達の様子を見て、デル侯爵が相好《そうごう》を崩す。

「我がデルトランテ自慢の料理はどうですかな、石川男爵」

「はい、とても美味しいです。このスパイシーな味がやみつきになりそうですね」

良一の言葉でもてなしの成功を確信し、侯爵の隣《となり》に座るカロスも満足げに頷いた。

その後も料理の感想や侯爵の髭自慢などで盛り上がり、晩餐《ばんさん》はとても明るい雰囲気で過ぎていった。

スパイスで刺激を受けた舌を休ませるためか最後にヨーグルトのようなデザートが運ばれてきて、それを食べ終わるとその日はお開きになった。

◆◆◆

朝食を済ませ、太陽も昇《のぼ》った頃に、護衛《ごえい》の騎士を伴《ともな》ったカロスが良一達の部屋にやってきた。

「皆さん、充分な睡眠《すいみん》は取れましたか？」

「ええ、昨夜の料理とふかふかのベッドのおかげでグッスリ眠《ねむ》れました」

「それは良かったです。本日はデルトランテにある神殿の一つ、貨幣の神ビエス様の神殿へ行こうと思います」

カロスはにこやかに今日の予定を告げた。

良一達も既《すで》に準備はできているので、すぐに出発した。

カロスに続いて大通りを歩き、神殿へ向かう。

護衛の騎士に囲まれる良一達を見て町の人々が何事かと騒《さわ》ぐが、皆カロスの姿を認めると、手を振ったり挨拶したりしている。デル侯爵家は町の人からも慕《した》われているようだ。

帝国では竜車で移動することが多かったので、こうして自分の足で歩くと市中の活気を肌で感じられて新鮮《しんせん》だ。

皆思い思いに町の様子を見たり、店先に売られている様々な品物を指さして話したりしている。

楽しい観光気分に浸《ひた》りながら歩いていると、前を行くカロスが振り返った。

「石川男爵、デルトランテの雰囲気はいかがですか？」

「活気に溢れていて、歩いているだけで元気がもらえます」

「この活気もデル侯爵家の自慢なのです。領民達が笑顔で手を振ってくれているでしょう？　それが私達の統治が間違っていないという証明なんです」

そう誇らしげに語るカロスの表情から、彼が心から領民を大切にしているのだとわかる。

その自信に満ちた顔を見て、良一は少し羨《うらや》ましくなった。

「私の領地でも同じ光景が見られるように努力したいですね」

良一もイーアス村では、木工ギルドに所属している縁《えん》もあって、村人達から好意的な評価を受けている。しかし、それに胡坐《あぐら》をかかずに頑張《がんば》らねばならないと、決意を新たにした。

「ところで、皆さんはビエス様の神殿に参拝《さんぱい》されたことは？」

「いいえ、私はありません」

後ろを歩く皆《みんな》を見ると、キャリー以外は首を横に振っていた。

良一が貨幣の神ビエスについて知っているのは、商人ギルドが祀《まつ》っている神様だということだけ。メラサル島でメアとモアの父親が借金をした商人の口からその名前を聞いたくらいだ。

「では一つ問題を出しましょう。ビエス様の神殿では他の神殿では見られない〝あること〟を行なっています。それはなんでしょうか」

カロスは人差し指を立てて、良一達にそう質問した。

モアは真剣な表情で両隣のセラとシーアと話し合う。

キャリーとココとマアロとキリカは答えを知っているのか、その様子を楽しそうに見ている。

「良一兄さんはわかりますか？」

メアが良一に声をかけてきた。

「うーん……なんだろうな」

良一も顎に指を当てて少し考えてみる。

「商人ギルドが祀る神様なので、市場のようなものですかね？」

「残念ながら違います」

良一が思いついた答えは不正解だったらしい。

「ビエス様、ビ、ビ、ビ……ス……あっ、ビスケットを作ってる！」

モアが大きな声で自らの考えを口にした。

子供らしい発想に周囲の騎士がプッと噴《ふ》き出すが、両隣のセラとシーアはこれを見逃さなかった。二人が魔力を高めるのを感じ、彼らは慌《あわ》てて背筋《せすじ》を伸ばす。

カロスは微笑みを浮かべながら、首を横に振る。

「残念ながら、ビスケットは作っていないんです。では、ヒントを出しましょう。作っているのは皆さんにもお馴染《なじ》みで、きっと今までに何度も触《さわ》ったことのあるものですよ」

そのヒントによりビエスが何の神様なのか思い出して、良一は一つの答えに辿《たど》り着いた。

メアが先んじて手を上げて、良一が考えたものと同じ答えを口にする。

「あのっ、お金を作っているんですか？」

「正解です。貨幣の神ビエス様の神殿では、皆さんがいつも目にする金貨や銀貨を作っているんです」

答えを聞いた良一は少しだけ驚き、また納得もしていた。

これまでスターリアで色々な硬貨を目にしていたが、どれも日本で見る硬貨と同じくらいに精密《せいみつ》で形が揃っていた。そんな精度《せいど》で硬貨を作るのは機械でもない限り不可能だと思ったが、まさか神殿で作っていたとは……

驚くメアやモアのリアクションに満足したのか、カロスは笑顔で頷いた。

「今日は皆さんに貨幣を授かる瞬間を見ていただこうと思います」

カロスのこの言葉には、今まで落ち着いていたキャリーやマアロも驚きを露《あら》わにした。

良一は小声でキャリーに尋《たず》ねる。

「貨幣を授かる瞬間を見られるのは、そんなに凄いことなんですか？」

「そうね……貨幣はその国の経済の要《かなめ》。ある意味では国の命運を握《にぎ》っていると言っても過言《かごん》じゃないわ。だからビエス様の神殿の御業《みわざ》は、国によっては重要機密《きみつ》の一つに数えられることもあるの。滅多《めった》に見られるものじゃないわね」

キャリーもカロスが見学の許可を出したのは異例だと認めた。

この行動からも、良一達にどうにかして好印象を持ってもらいたいという侯爵家の意気《いき》込《ご》みがわかる。

そんな話を聞いて、一行の足取りがわずかに軽くなる。

やがてビエスの神殿がはっきり見えてくると、今まで訪れた他の神殿とは明らかに異なる佇《たたず》まいに、良一達は口々に感想を漏らした。

「見て、キリカちゃん！　金ピカだよ」

「本当ね、モア」

そう、ビエスの神殿はなんともわかりやすく金色に輝いているのだ。

その威容《いよう》を目の前にして、良一も感嘆《かんたん》を禁じ得なかった。

「昨日侯爵邸の前でちらりと見た時は、何かが太陽の光を反射しているのかと思って気にも留《と》めなかったけど、これだったのか……」

良一はため息とともに感想を呟《つぶや》いた。

「私もカレスライア王国のビエス様の神殿を訪れたことがあるけれど、やっぱり圧倒されるわね」

キャリーもしみじみとした様子で神殿を見上げる。

「王国の神殿も金ピカなんですか？」

「ええ、こちらの神殿に負けず劣《おと》らずの金ピカよ。神殿の上に立っている像まで全部同じ色ね」

神殿の建物自体は二階建ての教会風ではあるものの、他の神殿と決定的に違う箇所《かしょ》がある。

傾斜《けいしゃ》がついた神殿の屋根の中央部、一番高い所に巨大な男性の像が立っているのだ。

例に漏れずその男性像も金ピカだが、大きさが神殿の建物と同じか、それ以上ある。

カロスが像を指さして言う。

「あの屋根の上に立つ像が、貨幣の神ビエス様です」

「ビエス様は随分とふくよかな方なんですね」

ビエス像は顎や腹回りなどの肉付きが良く、随分と貫禄《かんろく》がある。

主神ゼヴォスやその使いの神白《かみしろ》ことミカエリアスは、人間離《ばな》れした整《ととの》った容姿《ようし》だが、ビエスは庶民的《しょみんてき》な顔立ちだ。

親しみやすさはあるものの、顕現《けんげん》した時にどれほど神々《こうごう》しいのかはイメージできない。

「ははは、豊かさの象徴《しょうちょう》の神様ですからね」

若干《じゃっかん》の失礼な表現を否定せず、カロスはそのまま神殿に向かって歩いていく。

神殿の入り口では、神殿長が出迎えてくれた。

「皆様、ビエス様の神殿にようこそ。本日は〝貨幣招来《かへいしょうらい》の儀《ぎ》〟を執《と》り行ないまして、ビエス様の祝福《しゅくふく》を授かりたいと思います」

神殿長はそう言ってからすぐに、良一達を神殿の奥にある広間へと案内した。

外観《がいかん》のみならず、神殿の中の調度品も金ピカの物ばかりで、見ていると目がチカチカしてくる。

これには全員が呆気《あっけ》に取られて言葉も出ない。しかし、成金趣味《なりきんしゅみ》とでも言うべきド派手《はで》な調度品も、ここまで突き抜ければ統一感があって、下品な印象にならないのは不思議である。

そんな眩《まばゆ》い内装以外にもう一つ、良一は他の神殿と違う点に気がついた。

やけに神殿騎士が多いのだ。

「随分と神殿騎士が詰《つ》めていますね……」

「ええ、ビエス様の神殿はお金を扱《あつか》っていますので、その分警備《けいび》も厳重《げんじゅう》なのですよ」

確かに、と一瞬納得しかけたが、良一は素朴《そぼく》な疑問を口にした。

「さすがに神殿に盗《ぬす》みに入ろうとはしないでしょう？　泥棒《どろぼう》も神罰《しんばつ》は怖いはずですし」

神白の手で実際に神罰が執行《しっこう》される現場を見た良一には、とてもではないがそんな罰当たりな真似《まね》はできそうにない。

カロスは苦笑しながら応える。

「もっともです。しかし、人間は追い詰められたらなんでもしますからね。年間で数百人も神殿騎士団に捕縛《ほばく》されているのですよ」

広間で談笑しながら待っている間に儀式《ぎしき》の準備が整ったようで、列をなした神殿騎士達が、大人の腰の高さまである宝箱をいくつも運んできた。

随分と重いのか、神殿騎士が数人がかりで一つの宝箱を運んでいる。

全ての宝箱を運び終えたところで、女性神官が十人ほど広間に入ってきた。

「それでは〝貨幣招来の儀〟を執り行なわせていただきます」

そう言うと、神殿長は広間の中心で白い大きな布を広げた。

それに倣《なら》って、女性神官も同じような布を広げる。

神官が布を広げ終わると、宝箱の両脇に立っていた騎士達がその蓋《ふた》を開けていく。

宝箱の中身は精錬《せいれん》された金属のインゴットらしく、錫《すず》、青銅、銅、銀、金など、どれも硬貨の原料となるものだ。

錫の金属が入っている宝箱の前に立った神殿長が、祝詞《のりと》をあげる。

「貨幣の神ビエス様、御身《おんみ》の深き情けにより、貨幣による平等をお導きください」

……すると、宝箱の中の金属がぐにゃりと柔《やわ》らかくなり、水が流れるようにどこかに消えていった。

皆が目の前で起きている現象に驚いている最中、良一は一瞬だけ神の気配が広間に浸透《しんとう》するのを感じた。

それはすぐに霧散《むさん》したが……次の瞬間、どこからともなく硬貨が一枚落ちてきた。

「！」

視線を上に向けると、ランプの光をキラキラと反射しながら空中から大量の硬貨が降ってくるのが見えた。

神殿長は最初に降ってきた硬貨を衣服のポケットにしまってから、もう一人の神官と一緒に広げた白い布で硬貨を受け止める。

慣れているのか、他の神官達も冷静に白い布を広げて、硬貨をキャッチしはじめた。

しかし神殿長と五人の女性神官だけでは大量の硬貨を受け止めきれず、布からこぼれた物が甲高い音を立てて床に落ちる。

そのタイミングで新たな神官が現れて、床の硬貨を拾い上げていく。

良一達は開いた口を閉じるのも忘れて、この驚愕《きょうがく》の光景に見入《みい》っていた。

その後も青銅貨、銅貨と価値の低い硬貨から順に祝詞をあげていき、金貨が降ったところで、神殿長が儀式の終了を宣言した。

「以上で〝貨幣招来の儀〟を終わらせていただきます」

金貨の上に白金貨や大白金貨もあるが、今日はその二種類の招来はしないようだ。

床に落ちた硬貨も、神官達が拾い上げて全て回収した。

静けさを取り戻した広間で、良一は先ほどまでの出来事を思い出す。

硬貨が空から降ってくる様は一種の欲望の具現化《ぐげんか》だな……などと、他愛《たあい》ないことを考えていた。

すると神殿長が近づいてきて、手にしていた布の中から最後に降った金貨を一人一枚ずつ配《くば》った。

「今お渡ししたのは〝包《つつ》み金《がね》〟と言いまして、商売繁盛《しょうばいはんじょう》を願って財布に入れておくと、ビエス様のご利益《りやく》があると言われています」

〝ご利益があると言われている〟などという曖昧《あいまい》な表現をされると胡散臭《うさんくさ》さが半端《はんぱ》ないが、

実際に神の御業を目の前で見たばかりだったので信じざるを得ない。

「良一君、本当なら金貨の包み金を手にするには、最低でも金貨十枚のお布施《ふせ》が必要なのよ」

キャリーに耳打ちされ、良一はありがたく受け取った。

「ありがとうございます」

良一達のお礼の言葉に軽く頷いて、神殿長は金貨が入った布を包み直して広間から出ていった。

神殿長がいなくなると、誰ともなく大きなため息を吐く音が聞こえた。

やはり皆この驚くべき光景を見て放心してしまっていたようだ。

「この後は少し休憩《きゅうけい》を挟んで、皆様にビエス様からの祝福があるよう、お祈りさせていただきます」

案内の神官がそう言いながら、一行を応接室へと案内した。

「まさか金貨や銀貨があんなふうに降ってくるとは……想像してなかったな」

「良一兄さん、私もなんだか夢を見ているみたいで、驚いてしまいました。凄かったですよね」

興奮冷めやらぬメアが熱く語った。

「そうだな、俺も金貨は鍛冶師《かじし》が作っていると思ってたからかなり驚いたよ」

そんな二人の会話を聞き、マアロもどこか呆れたような声を出す。

「ビエス様の神殿は派手すぎ」

「まあ、これだけ金ピカだと圧倒されるよな」

お祈りが始まるまでの間、良一はメア達と雑談を続けながら感慨《かんがい》に耽《ふけ》っていた。

(これぞ本当の神の御業だよな……)

良一とて、神白をはじめ、多くの神を実際に見てきた。

そして神器を使用したこともある。

圧倒的な実力差のある邪神との戦いも経験している。

しかし今回は、今までのどの体験からも得られなかった驚きを、良一にもたらした。

その後、良一達は神殿長から直々《じきじき》に祝福を受けたが、残念ながら誰もビエスの加護《かご》は授からなかった。

こうして、良一達はデルトランテで一つ目の神殿行事を終えたのだった。

◆◆◆

ちょうど昼時になっていたので、良一達はカロスの案内でデルトランテでも評判の店で昼食を取ることにした。

「午後は剣聖ボウス様の神殿か」

良一がまだ見ぬ剣聖の姿に思いを巡《めぐ》らせていると、マアロが彼の袖《そで》をくいくいと引っ張った。

「良一、ココがもう集中しはじめている」

向かいに座るモアやキャリー達が話に花を咲《さ》かせている横で、ココは食事もそこそこに済ませ、目を瞑《つむ》って集中力を高めている。

「これから剣聖様と稽古《けいこ》だからな」

道中で彼女が剣聖との稽古を希望していると聞いていたので、良一はカロスに言伝《ことづて》を頼んでおいたのである。

剣の道に生きるココとしては、この後に剣聖との試合が控えているとなれば、食事どころではない。

何せ、以前カレスライアで剣聖ミカナタに挑《いど》んだ時は、彼女が修《おさ》めるガベルディアス家の流派――狗蓮流《くれんりゅう》の奥義《おうぎ》まで防がれて、完全敗北を喫《きっ》したのだ。

リベンジというわけではないが、万全の状態で臨《のぞ》もうという気持ちの表れなのだろう。

そんな彼女の気持ちを慮《おもんぱか》って、良一達はしばらくココをそっとしておいた。

昼食を終えた一行は一度侯爵邸の前の広場へと戻り、ビエスの神殿とは反対の、町の西側にある剣聖の神殿へ続く道を歩き出した。

　すると……

「スラーッシュ！」

「「「スラーッシュ！」」」

　神殿に近づくにつれて、人の叫ぶ声が聞こえてきた。

　見ると、奇妙《きみょう》な掛け声に合わせて何十人という剣士達が剣を振るっていた。

　全員、汗を垂《た》らしながらもその目は正面《しょうめん》を見据《みす》え、真剣そのものである。

「……これってゲイル第一皇子の技だよな」

　だからこそ、絶対に笑ってはいけない。過去の経験を踏まえ、良一は表情を崩さないように必死にこらえた。

　そんな良一の呟きに、カロスが応える。

「昨日もお話ししましたが、ゲイル第一皇子は幼き頃よりこの神殿で修業をしていました。皇子も習得しているあの剣技は、剣聖ボウス様を象徴する技なのです」

「つまりこの〝スラッシュ〟は、ボウス様が開発したのですか？」

「ええ、その通りです」

　ゲイルの個性的な技の意外な由来をカロスから聞いたところで、良一は改めて声が聞こえてきた方へと目を向ける。

屋外《おくがい》の修練場《しゅうれんじょう》の横には、和風だった剣聖ミカナタの神殿とは趣を異にする、重厚《じゅうこう》な石《いし》造《づく》りの神殿があった。

そして神殿の上部には、幅《はば》二メートルほどのゴツゴツした柱状の岩が天高くそびえ立っている。

「あの岩は修練の岩と言って、体一つでよじ登る修業に使われているんですよ」

口をあんぐりと開けて見上げる良一達に、カロスが説明した。

「遠くから見えていた細い棒みたいなものは、これだったんですね……。おかげで謎《なぞ》がまた一つ解《と》けました」

そんな良一達のもとに、神官が近づいてきた。

「カロス様、お話は伺《うかが》っております。剣聖ボウス様が奥でお待ちです」

神官に案内され、良一は仲間とともに神殿内へと足を踏み入れる。

神殿の作りは単純で、正面の入り口から廊下《ろうか》がまっすぐ続き、その奥が、大きな広間になっているようだ。

廊下の両側には大剣がずらっと立てかけられていて、この神殿が剣神を祀っていることを物語《ものがた》っている。

大広間に入ると、その中央で筋骨隆々《きんこつりゅうりゅう》の見事な体格にスキンヘッドという出《い》で立《た》ちの男性が待ち構えていた。右手は油断なく木製の大剣の柄《つか》を握り、眼光鋭《がんこうするど》く来訪者を睨《にら》みつける。

「よく来たな」

低い声で良一達に声をかけた男性に、カロスが応える。

「剣聖ボウス様、本日はカレスライア王国からの客人をお連れしました」

この大柄な男が剣聖ボウス――カレスライア王国のミカナタと並ぶ、剣神カズチの代弁者の一人だ。

「うむ、我《わ》が輩《はい》の社《やしろ》にようこそ。そちらのお嬢さんがミカナタから加護を受けた者か」

ボウスが言う〝お嬢さん〟が自分のことだとわかっているココが返事をする。

「ココ・ユース・ガベルディアスです」

「ふむ……いくつかの大きな戦闘を乗り越《こ》えているな。そして、神器を一度使用している」

ボウスは一目見ただけで、ココがどのくらい剣を振ってきたかを見抜いてしまった。

しかしココは動揺《どうよう》することなく、冷静さを保《たも》ったまま言葉を返す。

「はい。神器は先日帝都での戦闘で一度だけ」

「なるほど……では剣を合わせようか」

ボウスはそう言うと、壁に掛けられた模擬《もぎ》戦用の木剣《ぼっけん》を一瞥《いちべつ》し、ココにそれを取るように促《うなが》した。

剣士の間に多くの言葉はいらない——そういう意図だろう。

すかさず案内の神官がココ以外のメンバーを戦闘の邪魔《じゃま》にならない壁際《かべぎわ》に誘導する。

この大広間は奥に祭壇《さいだん》がある以外は真《ま》っ平《たい》らで障害物がなく、日頃からこのような模擬戦の場として使われていることが窺《うかが》える。

ココは模擬戦用の木剣を手に取ると、体の正面で構えた。

対してボウスは大剣を頭よりも高く掲《かか》げ、大上段の構えを取る。

「いきます」

ボウスが構え終わると同時に、ココが一息で接近する。

飛び込んだ勢いそのままにココが剣を横薙《よこな》ぎに振るった。

ココの斬撃《ざんげき》は良一も目で追えないほどの速さだったが、ボウスは的確に反応して大剣で迎え撃《う》つ。

後手に回ったはずのボウスの大剣の一振りで、ココは弾《はじ》き飛ばされた。

「ココ姉ちゃん！」

モアが思わず叫んだ。

しかしココも迎撃《げいげき》は織《お》り込《こ》み済《ず》みだったのか、体を捻《ひね》って衝撃をそらし、回転しながら着地する。ダメージはなさそうだ。

モアは不安がっているが、セラとシーアに怪我《けが》はなさそうだから大丈夫だと説明され、少し落ち着きを取り戻した。

一方、ココはボウスの迎撃を受けてなお果敢に斬りかかっていく。

反撃の隙を与えないように、息もつかせぬ連打で攻め立《た》てる。

だが防戦一方に見えるボウスは、まだまだ喋《しゃべ》る余力を残していた。

「実戦を重ねた良い太刀筋《たちすじ》だ」

対してココに返事をする余裕はなく、その表情も徐々に苦しそうに歪《ゆが》んでいく。

あらゆる方向から剣を振るい、緩急《かんきゅう》をつけて相手のリズムを乱そうと試《こころ》みるココだったが、ボウスの体勢は崩れない。

彼は笑みを浮かべながら大きく息を吸う。

「そなたの剣の腕は理解した。我が輩の剣を受けて、さらなる高みを目指すが良い！」

ボウスはため込んだ息を一気に吐き出すように、大きな声を広間に響かせた。

そして、最初と同じように大剣を頭の上に掲げる。その姿はまさに剣聖と呼ぶにふさわしい気迫《きはく》と神秘性《しんぴせい》に満ち溢れていた。

広間は一斉に静まり返り、息をすることさえ憚《はばか》られる。

一見するとボウスの胴はがら空《あ》きだが、ココは動けない。一瞬でも隙を見せれば、あの一撃をまともに食らうと理解しているのだ。

彼女は歯を食いしばって、次に来るであろう大技に備えて剣を構え直す。

次の瞬間、ボウスが目をパッと見開いた。

「スラーッシュ‼」

ボウスは叫び声を上げながら、上段に構えた大剣をまっすぐに振り下ろした。

それは帝都でゲイルが使い、この神殿の修練場の門下生《もんかせい》達が鍛錬《たんれん》していた技。

ただ振り下ろすだけ。

それだけのはずなのに、一切の無駄を排《はい》した一連の動きは、剣と体が一体化しているかのように錯覚《さっかく》させる。

剣術に疎《うと》い良一でも心から憧《あこが》れの感情を抱いてしまうほどに力強く、そして美しかった。

しかし、この恐るべき剣を前にココがとった行動に、良一達はさらに驚かされる。

彼女はボウスの大剣を避《さ》けるのではなく、むしろ自ら相手の懐《ふところ》に飛び込み、剣を振り抜いたのだ。

「その度胸《どきょう》や良し」

「届きました！」

ココの剣はボウスの胴体をわずかな差で捉《とら》えきれず、空振《からぶ》りしたように見えた。同時に、大剣が彼女の肩口に叩きつけられる。

防御姿勢を取る余裕もなかったココはその衝撃をもろに受けて、最初の迎撃の時とは比べ物にならないほどの勢いで壁際に弾き飛ばされた。

――勝負あり。

だがよく見ると決着がつく直前のココの言葉通り、ボウスの服の脇腹の辺りが少しだけ切れていた。

「確かに、その剣は届いた」

かろうじて意識の残るココは、ボウスのその言葉を聞いてから降参《こうさん》を宣言した。

「参り……ました……」

崩れ落ちたココにマアロが駆け寄り、回復魔法をかけて治療《ちりょう》を施《ほどこ》す。

そんな中、ボウスは広間にいる神官に声をかけて人払いした。

「少しだけこいつらと話がしたい」

神官がいなくなった後もカロスは良一達の近くに残っていたが、ボウスの視線を感じて護衛の騎士とともに出ていった。

カロスにも聞かせられないとは、よほど重要な話なのだろうと良一はあたりをつける。

「さて、この場には他に耳はない」

ボウスはそう前置きしてから、顎に手をやり溜《た》めをつくってから口を開いた。

「……邪神は強かったか？」

邪神の件については、一般人に与える影響があまりに大きいため、箝口令《かんこうれい》が敷《し》かれているはずだった。

それなのに、ボウスは明らかに先日の帝都での戦いを知っている様子だ。

「どうして我が輩が知っているのか不思議か？」

「……そうですね。帝国政府は詳細《しょうさい》を明らかにしていないはずですし」

「簡単だ。帝都から国が簡単に滅《ほろ》びそうなほど強い力を感じたからな。そんな力を持つのは神だけだ。そして、それほどの力をむやみに揮《ふる》うふざけた神は、邪神くらいしかいない」

少し剣を交《まじ》えただけでココの実力を把握《はあく》してしまうその眼力《がんりき》と洞察力《どうさつりょく》、それに頭の回転の速さは伊達《だて》ではない。

良一はボウスの慧眼《けいがん》に舌を巻いた。

「確かに、邪神が本気を出せば帝都は滅《ほろ》んでいたでしょうね」

「そうだろうな。……だが、お前達にも、邪神が遊ぶくらいの実力はあるんだろう」

その言葉は様々な意味に受け取れる。

良一達の実力は邪神を本気にさせられない程度だった。あるいは、遊《あそ》び甲斐《がい》がある程度には認められた。

どちらにせよ、邪神と渡り合うには良一達が実力不足であることに変わりはないが……

ボウスは邪神の話を聞くまで帰すつもりはなさそうだったので、良一は彼に事のあらましを伝えた。

　邪神との戦闘の場に居合わせた二人――キャリーと治療を終えたココも会話に加わり、適宜補足《てきぎほそく》していく。

　ボウスはいくつかの質問を挟みながら、三人の話に耳を傾けた。

「なるほどな……。この場にいる者は皆、邪神の脅威《きょうい》に立ち向かったわけだ」

　ボウスも、まさかメアやモア、キリカまでもが邪神教団との戦いに巻き込まれたとは思っていなかったらしく、少女達に気遣《きづか》わしげな目を向ける。

　セラとシーアも、モアがそんな怖い思いをしたと初めて知り、慰《なぐさ》めるように抱きついた。

　良一達は今日まで邪神のことをじっくりとは振り返らなかったので、改めて自分達がいかに幸運だったのかを実感した。

　少しばかり重くなった場の雰囲気が落ち着いた頃を見計《みはか》らい、良一が再び口を開く。

「ボウス様なら、邪神を退けられましたか？」

　剣聖の力を借りられれば、邪神にも対抗できたのではないかとの思いから出た言葉だった。

　しかし、当のボウスは何を馬鹿な、とでも言わんばかりに肩を竦《すく》める。

「そりゃあ無理だろう。我が輩と他の剣聖全員が協力しても、邪神を退けられる可能性はほとんどない」

「剣聖であるボウス様でも、ですか」

「相手は神様だ。我が輩達剣聖も一部の者からは現人神《あらひとがみ》と言われるが、本物には敵《かな》わない」

ボウスは息を大きく吐く。

「だが、今お前達から聞いた話で、助言できることがある」

「助言、ですか？」

ボウスはニヤリと笑い言葉を継《つ》いだ。

「邪神を倒したいなら、上級神の加護を得るんだ。そして彼らの神器を使いこなし、その身に上級神の神意を宿せ。さすれば邪神相手でも勝ち目はある」

「神意を宿す……？」

その言葉の意図するところがわからず、良一は首をかしげる。

「要は、邪神教団がやっていたようなことをやればいい」

確かに帝都で見た邪神は教団の男の体に取《と》り憑《つ》いているみたいだった。良一達にもそれをやれと言うのだろうか。

良一が周囲の反応を窺うと、キャリーはボウスが示した可能性を否定するように首を横に振っている。

「お言葉ですけど、上級神の加護や神器は簡単にもらえるものじゃないわ。それに、神意を宿すなんて……」

「まあ、難しいだろうな。だが、そこのエルフの神官なら〝神降《かみお》ろし〟を知っているんじゃないか」

ボウスがマアロに問いかけた。

「〝神降ろし〟は本で読んだことしかない」

「邪神と再び事を構えるなら、それくらいしないといけないってこった」

ボウスも冗談だという感じで笑いながら手を振る。

しかし、良一やココやキャリーには、彼の目が〝それぐらいやってみせろ〟と言っているように見えた。

「我が輩も〝神降ろし〟のやり方なんて微塵《みじん》も知らない。が、邪神話の駄賃《だちん》として直々に稽古をつけてやる。明日にでも、またこの神殿に来るがいい」

そう言って、ボウスは奥の部屋に去っていった。

剣聖ボウスとの対話を終えた後、マアロが本で読んだ〝神降ろし〟の内容を語った。

その本には、ある神官が修行《しゅぎょう》を重ね自分の体に神を降ろし、その神意をもって神羅万《しんらばん》象《しょう》の力を揮ったという内容だった。

これが後に〝神降ろし〟と呼ばれるようになったらしい。

しかしこれは神話の一つで、真偽《しんぎ》のほどは定かではない。

良一は再び邪神に出くわしたらどうすれば良いのか頭を悩《なや》ませながら、神殿を後にした。

◆◆◆

「石川男爵、少々お耳に入れたい話が」

侯爵邸に戻ってモア達と遊んでいると、顔に翳《かげ》を落としたカロスが部屋を訪ねてきた。

その様子から良い知らせではないと直感しつつ、良一はモア達に断《ことわ》りを入れてから廊下に出る。

「カロスさん、どうかしましたか？」

彼はこちらへと言って、良一達が宿泊している一階のゲストルームを出て二階へと上がった。

「父上、石川男爵をお呼びしました」

「入ってくれ」

良一が連れられて来たのは、デル侯爵の執務室《しつむしつ》であった。

木製の重厚な扉を開けると、魔道具の明かりで手紙を読むデル侯爵がいた。

彼とは昨夜の晩餐会《ばんさんかい》で会ったきりで、今朝《けさ》の食事でも顔を合わせていない。

「石川男爵、突然呼び出して申し訳ない」

「いえ、どうなさいました」

「帝都からの連絡と、我がデル侯爵家騎士団の諜報部《ちょうほうぶ》からの報告で、問題が発覚した」

デル侯爵の重々しい口調《くちょう》に、良一は思わず背筋《せすじ》を正《ただ》して聞き返す。

「問題、ですか?」

「帝都に潜伏《せんぷく》していた反宥和派《はんゆうわは》の工作員が十人ほど姿を消したそうだ」

「反宥和派が……」

帝都での邪神騒動は、真相を隠すために、カレスライア王国に対する反宥和派がテロを実行したという話になっているはずだ。

したがって、帝国内では反宥和派への警戒《けいかい》が強まり、締《し》め付けが強くなっている。

「そうだ。当局が動向を掴《つか》んでいたうちの数人が帝都を出て、我がデルトランテに潜伏した可能性があると報告があった」

王国と帝国の関係を悪化させようという反宥和派にとって、良一達は格好のターゲットだ。デル侯爵はそれを心配しているのだろう。

だが、良一は反宥和派と聞いても、邪神そのものに比べたらそれほど脅威《きょうい》ではないと思ってしまった。

「既に我が騎士団が潜伏先の目星をつけ、強制捜査《そうさ》を行なっています」

「随分と手際《てぎわ》が良いですね」

「帝都から通達があって警戒を強めていたのだ。時代も読めぬ不埒者《ふらちもの》は、害にしかならないからな。よもや今晩の襲撃はないだろうが、念のため夜間外出は控えてほしい。それから、明日の外出も一時取りやめていただきたい」

立場的にも反対はできないしそうする理由もないので、良一は素直に了承《りょうしょう》した。

カロスも良一達を不安がらせないように、自信を見せる。

「石川男爵、我がデル侯爵家騎士団は精鋭《せいえい》と自負しております。どうか安心してお休みください」

「ありがとうございます。今日の護衛を見れば、疑《うたが》いようがありませんよ」

侯爵の執務室を辞してゲストルームに戻った良一は、皆に事情を説明して早めに寝ることにした。

皆明日は外に出られず、侯爵邸で時間を潰さなければならないと知り若干の気落ちが見て取れたが、不満をもらす者はいない。

危険が迫《せま》っているというのだから当然だ。

デル侯爵やカロスを信じてはいるが、良一とココとキャリーの三人は、万が一のために武器をすぐ手に取れる位置に置いてベッドに入ることにした。

「良一兄ちゃん、お休み！」

「良一兄さん、お休みなさい」

「また明日、良一」

「ああ、お休み」

モア、メア、キリカの順に挨拶を交わし、部屋の灯《あか》りを消す。

帝都で邪神の一件があってから、モアは寝る前に良一の顔を見ないと不安がるようになった。だから良一は、毎晩こうして寝る前に寝室を訪ねるようにしていた。

「じゃあココ、あとはよろしく。みっちゃんも、今夜はここに残ってくれ」

普段、アンドロイドのみっちゃんは良一の部屋にいることが多いが、有事《ゆうじ》の際に子供達を守れるように、今夜はモア達のそばで夜を明かしてもらう。

睡眠が一切必要ない彼女は、夜間警戒に最適なのだ。

「お任《まか》せください」

「何かあったらすぐに知らせます。良一さん、キャリーさん、お休みなさい」

みっちゃんとココに挨拶して、キャリーと一緒に自分達の部屋に行こうと廊下に出ると、二人の少女が行く手を遮《さえぎ》った。

セラとシーアだ。

「どうした、二人とも」

「モアに不安を与えたくないから」

「そうなのです」

セラとシーアはモアに対しては積極的《せっきょくてき》に話しかけるが、他の者とは一歩距離《きょり》を置いていたため、こうしてモアがいない場で目の前に現れたことに、良一は驚いた。

キャリーも意外だったようで、良一と二人して顔を見合わせる。

なんの用かと訝《いぶか》しんでいると、突然、セラが警告めいた言葉を口にした。

「この町に〝聖霊喰《せいれいぐ》らい〟がいるわよ」

「・・・・・・」

「セイレイ喰らい？　それってつまり……セラとかシーアみたいな精霊を、食べてしまうのか？」

馴染みのない言葉に首を傾《かし》げる良一に、シーアが補足する。

「認識としてはそれで合ってるです。でも〝聖霊喰らい〟は私達のような精霊だけでなく、ゴッドギフトや聖獣も取り込んでしまうのです」

良一はいまいち想像ができず、キャリーに尋ねた。

「キャリーさんは知っていますか？」

「ええ。でも、あくまでそういう奴が存在するという噂《うわさ》を耳にしただけだけど」

しかしキャリーの険《けわ》しい表情から察するに、結構危《あぶ》ない存在らしい。

「私もA級冒険者として長く活動してきたけど、はっきり言って〝聖霊喰らい〟は酒場の与太話《よたばなし》程度にしか聞かない。今までに見たこともないから、対策の立てようもないわね」

「精霊や聖獣を取り込むってなると、かなりやばそうですよね」

良一は身を引き締めてセラとシーアに向き直る。

「二人ともどうして〝聖霊喰らい〟がいるってわかるんだ？」

「ついさっき、外で〝聖霊喰らい〟が戦っている気配を感じたの。近くにはいないみたいだけど」

「でも、ほんのわずかに力を解放しただけなのです。詳《くわ》しい場所までは……」

既に戦闘が始まっている可能性があると知り、二人の緊張感《きんちょうかん》も高まる。

「キャリーさん、この情報はカロスさんに伝達した方がいいですよね」

「そうね。本当に〝聖霊喰らい〟がいるなら、町に深刻《しんこく》な影響が出かねないわ。そうなる前に……」

キャリーが言いかけたところで、何やら騒々《そうぞう》しい声が聞こえてきた。

副長のナタリアと騎士が数名、バタバタと廊下を駆けていく。

そこへ、騒ぎを聞きつけて出てきたらしいカロスがやってきた。

険しい顔つきで騎士とやり取りしている。

「状況を報告しろ！」

「第一小隊が全滅《ぜんめつ》し、応援に向かわせた第二第三小隊が半壊《はんかい》に追い込まれています！　伝令の話では、敵は一人のようなのですが……」

「なんだと……!?　至急《しきゅう》剣聖ボウス様の神殿と、貨幣の神ビエス様の神殿に向かい、神殿騎士の応援を要請しろ！　それから、戦えない者は付近の住民の避難《ひなん》誘導に当たらせろ！」

　このような状況でも、カロスは複数の騎士に的確な指示を出し、騎士達も己の役目を果たそうと迅速《じんそく》に動いている。

「「「かしこまりました！」」」

　騎士達が慌ただしく動き出す中、カロスの視線が良一達を捉えた。

「石川男爵、現在デルトランテは危険な状況にあります。お部屋にて待機ください」

「その件で、カロスさんにお伝えしたい情報が……」

　良一が聞いたばかりの〝聖霊喰らい〟について話すと、カロスはにわかに信じがたい様子だったが、情報源《げん》がセラとシーアの二人だと知って表情を引き締めた。

「重要な情報をありがとうございます。父とも相談して対処します」

「俺達も助力させてもらいます」

「ありがたい申し出なのですが、我が騎士団にも神器使いがいますので、ご心配は無用です。今はデル侯爵家の力を信じてください。しかし状況が状況です、ご自身の身の安全の確保を最優先でお願いします」

「わかりました。何か協力できることがあったら、遠慮《えんりょ》なく言ってください」

強い決意のこもったカロスの言葉に、これ以上彼の時間を奪《うば》えないと感じた良一達は、言われた通り自分達の安全を第一に行動することにした。

「良一君、万が一〝聖霊喰らい〟が反宥和派に与《くみ》しているなら、きっと目的は特別交渉官という肩書きを持つあなたよ」

キャリーが心配そうに良一を見た。

「帝都で厳重に警備されているスマル王女達よりは、狙《ねら》いやすいですしね……。でも、もし俺が目的だとしたら、下手《へた》に侯爵邸に閉じこもると余計に被害が大きくなるかもしれません。いっそ俺が出ていった方が……」

だがカロスの言葉を受けて任せると言った手前、独断《どくだん》行動をしては彼の顔を潰してしまう。必然的に、今の良一にできることは限られている。

「私はモアの身だけは何があっても守るわ」

「大精霊の実力を思い知らせてやるです」

セラとシーアはやる気満々のようだ。

女性陣の部屋に戻って扉をノックすると、すぐにみっちゃんが顔を出した。

「マスター、お呼びでしょうか」

「みっちゃん、すまないけど、メア達を起こさないように、静かにココとマアロを呼んできてくれないか」

ほどなくして、ココとマアロが出てきた。

「良一さん、どうかしたんですか？　少し外が騒がしいみたいですけど」

「早く寝たい」

緊張をにじませるココと、不満そうに寝ぼけ眼《まなこ》をこすってあくびするマアロ。

「ああ、ちょっとまずい状況だ」

良一は簡潔《かんけつ》に現状を告げる。

「〝聖霊喰らい〟なんて、物語の中の存在だと思っていました。それがデルトランテに来るなんて……」

「神殿でも噂しか聞いたことがない」

ココもマアロも信じられないとばかりに目を見開く。

「それでも、実際に邪神とやり合った経験を踏まえると信じないわけにはいかないわね」

キャリーが苦笑する。

その時――ドンッという大きな音が、あたりに響き渡った。

「敵性存在がこちらに近づいてきます。南方向から、距離およそ七百メートル」

「〝聖霊喰らい〟なのです」

みっちゃんの警告にシーアが反応した。

「……くそ！　うかうかしていると屋敷に乗り込まれるぞ。明らかに敵が迫っているのに、待っていることしかできないなんて……」

身動きが取れないもどかしさから、良一は歯噛《はが》みする。

「良一さん、キャリーさん、狭い屋敷でメアちゃん達を守りながら戦うより、外に出て万全の態勢で迎え撃った方が良いのではないでしょうか」

「そうね。結果的に、それが自分の身を守ることに繋《つな》がるわ」

ココの提案に、キャリーがウィンクして応えた。

「……そうか。それもそうだな！　よし、みっちゃん、ここを頼む！」

一瞬視線を交わして互いの意思を確認してから、一行は急いでエントランスに向かう。

エントランスの扉は開け放たれており、武装した騎士達が外へ走っていくのが見えた。

一方、外からは負傷者《ふしょうしゃ》が次々と運び込まれ、エントランスホールはさながら野戦病院の様相《ようそう》を呈《てい》している。

いずれの騎士達の表情にも鬼気迫《ききせま》るものがあり、状況が切迫《せっぱく》していることが窺える。

すかさずマアロが怪我をしている騎士に回復魔法をかけはじめた。

良一はキャリーとココを連れて外に出て、走って戦闘区域を目指す。

「凄《すさ》まじいわね」

キャリーの言葉が全てを物語っていた。

侯爵邸前の広場から町の南門へと続くメインストリートを、何者かがこちらに向かって歩いてきている。

「あれが〝聖霊喰らい〟か……!?」

良一の視線の先にあるのは、取り囲む騎士をたった一人で圧倒する男の姿だった。

〝聖霊喰らい〟の進行を止めようと騎士達が斬りかかるが、武器が対象を捉えたと思った瞬間、どういうわけか騎士の方が弾き飛ばされる。

すかさずカロスが大声で指示を出し、それに従って騎士達が魔法などを次々と浴《あ》びせた。

それでも〝聖霊喰らい〟にダメージを与えられない。

「剣も魔法もダメなんて、どうなっているんでしょうか……」

半《なか》ば呆れ気味のココに、良一も頷いて応える。

「本当だ。防御している様子もまるでないのに……。キャリーさん、あれってどういう理屈ですか!?」

「さっぱりわからないわ。けど〝聖霊喰らい〟なんだから、なんらかの特殊《とくしゅ》能力を持っていてもおかしくない」

〝聖霊喰らい〟は灰色の髪をオールバックに撫《な》でつけた、狡猾《こうかつ》そうな目つきの三十代の男だ。頬はこけていてやせ型。シンプルなデザインの半袖《はんそで》の服から出ている腕や顔は普通の人間のもので、獣人種ではなさそうだ。

武器や鎧は一切身につけておらず、背中にも何も背負《せお》っていない。強《し》いて言うなら、重そうなブーツを履《は》いていて、ズボンのポケットが妙に膨《ふく》れ上がっているくらいである。

一般人として街中を歩いていてもおかしくない——そんな印象の男だ。

三人が駆け寄ると、今まで無表情で歩いていた襲撃者が騎士の囲い越しにまっすぐ良一を見据えた。

「お前、石川良一だな」

〝聖霊喰らい〟の口から出た名前に驚いて、カロスが振り返る。彼は良一の姿を認めると、複雑《ふくざつ》な表情を浮かべた。

だがそれも一瞬で、指揮官として目の前の脅威を排除《はいじょ》するのが先だと判断したらしく、騎士団への指示出しに専念する。

「お前に恨《うら》みはないが依頼なんだ。石川良一、お前の命をもらいうける」

「はいわかりました、とは言えないな」

この短い会話の間にも無数の剣や魔法が〝聖霊喰らい〟に命中しているのだが、彼はそれを意にも介《かい》していない。

「許可など必要ない」

「なら、一つだけ質問をいいか？　あんたは〝聖霊喰らい〟でいいんだよな？」

良一が尋ねると、襲撃者の男は目を細めた。

「ほう。そう聞かれたのは初めてだ。どうしてそう思う？」

「このあたりで〝聖霊喰らい〟の気配がするって聞いてね」

「なるほどな。……まあ、別に隠すことではない」

男が否定しなかったため、騎士達にも衝撃が走る。

場の空気が張り詰めて、剣を握る騎士達の手に力が入る。

「石川男爵、こいつは帝国でも名の知れた犯罪者です。名をイトマ――〝不死身《ふじみ》のイトマ〟で通っています。主に帝国の北部を中心に活動する犯罪者で、強盗《ごうとう》に放火に殺人と、重罪を犯し続けていますが、あの能力のせいでいつもまんまと逃げおおせてしまうのです。何人《なんびと》たりとも行く手を阻《はば》めない様は、災害にもたとえられています。奴が〝聖霊喰らい〟だったとは……」

カロスの説明の中にあった〝不死身〟という言葉が、良一の頭に引っ掛かった。

「不死身……」

確かに、イトマはあれほどの攻撃を受けても傷一つ負っていない。

デル侯爵家騎士団の能力が生身《なまみ》の人間に傷をつけられないほど低いはずがないので、何かしら特殊な力を持っているのだろう。

良一は《神級鑑定《かんてい》》でイトマを確認する。

見たところ特別なアビリティはないものの、彼のステータスは守備力がドラゴンの数倍以上という信じがたい値《あたい》になっていた。また、生命力も同じくドラゴン並みに高いが、それ以外のステータスについては軒並《のきな》みB級冒険者程度だ。

これでは、一流の騎士でもダメージが与えられないのは当然——まさしく不死身と言える。

そんな彼の特異性が〝聖霊喰らい〟としての側面を見えにくくしていたのかもしれない。

「石川男爵もご覧《らん》の通り、こいつには剣も魔法も効きません」

カロスが振り返って良一に声をかけた。

「効かないわけじゃない。ここの騎士どもが弱すぎるだけだ」

イトマはにやにやと笑いながら挑発するが、騎士達は統率《とうそつ》を乱さない。

彼らはこの化け物じみた耐久力《たいきゅうりょく》を前にしても、戦うのを諦《あきら》めたり、あるいは捨《す》て鉢《ばち》になって無闇《むやみ》に突撃したりはしなかった。

そのことからも、騎士団がよく鍛えられた精鋭なのだとわかる。

〝聖霊喰らい〟はつまらんと吐き捨てると、再び良一に視線を戻す。

「さて王国の特別交渉官殿？　帝国の騎士がお前を守ろうとして犠牲《ぎせい》になっているぞ。見殺しにするつもりか？」

「なら、お前を倒すまでだ」

良一はアイテムボックスから取り出した武器を構えた。

とはいえ、無策《むさく》に突《つ》っ込《こ》んでも意味がない。

奴が不死身と呼ばれる所以《ゆえん》である能力の正体を突き止めなくては……

〝聖霊喰らい〟で〝不死身〟のイトマは余裕の表情を崩さず、ゆったりとした足取りで良一に向かって一直線に歩いてくる。

騎士達は相変《あいか》わらず、火、水、土、風と異なる属性魔法を放ち続けるが、足止めすらできずに接近を許してしまう。

いよいよイトマが良一の目の前に到達しようかという時、巨漢《きょかん》の騎士が突出《とっしゅつ》し、ハンマーをフルスイングした。

だが、その一撃も不可視《ふかし》の壁に阻まれるように体表付近で止まり、ダメージを与えられない。

逆にイトマが正面から体当たりをすると、巨漢の騎士は簡単に弾き飛ばされてしまった。

「……化け物だな」

口元を歪めて呟く良一に、キャリーが小声で提案する。

「マアロちゃんなら神話に詳しいはずよ。聖獣や精霊、あるいはゴッドギフトがあの能力の元なら、種類がわかるかもしれないわ」

「マアロを呼んできます。このままだとジリ貧《ひん》ですから」

それを聞いたココがすかさずマアロを呼びに走るが、イトマはチラリと見ただけで止めはしなかった。あくまで狙いは良一というわけだ。

良一はなんとかイトマの動きを止めるべく重力魔法を放ち、高重力をかけて地面に押し潰す。しかし、ほんの少し動きが緩慢《かんまん》になっただけで、イトマの足取りは確かだ。

「……これはお前の魔法か？」

「その通りだよ」

「随分とぬるいな。この程度で俺の歩みを止められると思うのか？」

余裕綽々《よゆうしゃくしゃく》の表情を緩《ゆる》めないイトマにそれでも重力魔法をかけ続ける。

剣も魔法も効かない。

ドラゴンをも上回《うわまわ》る絶大《ぜつだい》な防御力を誇る相手に、弱点はあるのか。

良一が頭の中で不死身の条件に考えを巡らせていると、ココがマアロを連れて戻ってきた。

「良一！」

マアロの声に振り返ると、彼女の後ろにセラとシーアまでついてきていた。

「セラ、シーア⁉　二人はモアについていてあげてくれ」

しかし、二人は首を横に振る。

「そういうわけにはいかないのよ」

「〝聖霊喰らい〟は世を乱す存在なのです。見つけたら処分するです」

セラとシーアはその身から魔力を迸《ほとばし》らせた。

その濃密《のうみつ》な魔力に、イトマを含むこの場にいる全員の視線が集まる。

「これは随分と強そうなお嬢さんだ」

冷や汗を垂らす騎士達を横目に、イトマは余裕の態度を崩さない。

「その口を閉じなさい、〝聖霊喰らい〟！」

「お前はここで終わるのです」

セラとシーアがそれぞれ属性魔法を放った。

信じられないほどに圧縮《あっしゅく》された風と水の力がイトマに襲《おそ》いかかる。

さすがのイトマも右手をかざして顔を庇《かば》うが、大きなダメージを受けた様子はない。

セラとシーアは構うことなく魔法を放ち続ける。

その光景は凄まじく、良一も騎士達も唖然としたまま身動きが取れなかった。

五分ほど絶《た》え間なく続いた魔法がようやく止まり、舞い上がった砂埃《すなぼこり》が収まると……イトマの姿が見えてきた。

体の所々に傷を負い血が滲《にじ》んではいるものの、まだ自分の足で立っている。

相変わらず不敵《ふてき》な笑みを浮かべる彼が、一歩前に出た。

セラとシーアは険しい目つきでイトマを見つめ、状況を静観《せいかん》する。

ココやキャリーや騎士達もイトマの一挙手一投足《いっきょしゅいっとうそく》に注目し、油断なく身構える。

イトマが一歩、また一歩と歩くと、怪我をしている部分が徐々に治《なお》りはじめ……十歩も歩いた時には、完全に元の姿に戻っていた。

良一の《神級再生術》に匹敵《ひってき》する、恐るべき回復力だ。

その光景に、周囲の騎士達が目を見張る。

「久しぶりに怪我をしていたな。あーあ、服も血だらけだ。買い直すか」

怪我など既に過去のこと、とでも言わんばかりの口ぶり。

絶望《ぜつぼう》的な事実を突きつけられて、数人の騎士が一歩後退《あとずさ》る。

攻撃の効かない体、原理のわからない再生力——それらを見て、薄ら寒い感覚が良一の体を走った。

しかし、セラとシーアは怯《ひる》まない。

「驚くほど頑丈《がんじょう》みたいね」

「なら、先ほどよりも強い魔法を放つだけです」

二人は宣言通り、さらに威力《いりょく》を高め、周囲の建物に被害が及《およ》びかねないほど強力な魔法をイトマに向けて放った。

一瞬、昼間になったかのような眩い光に包まれ、落雷《らくらい》のごとき轟音《ごうおん》が響く。

それでも、イトマは膝をつかない。

そんな攻撃を四回も繰《く》り返したが……

未だ立ち続けているイトマに対して、二人は肩で息をしている。

「なんなのこいつ……⁉」

「化け物すぎるです……」

いくら大精霊の子供でも、あれほどの大魔法を放ち続ければ、疲れが出る。

一方、イトマは傷ついてもすぐに回復してしまう。

良一達はなんとかしてこの場を切り抜けようと観察し、頭を回転させるが、突破口《とっぱこう》が見《み》出《いだ》せない。

「応援に来たぞ！」

威勢《いせい》の良い声とともにそこに現れたのは、剣聖ボウスとビエス神殿の騎士達だった。

「独特《どくとく》な力を持つ奴だな」

この町きっての実力者であるボウスの登場で、良一達の期待が高まる。

「我が輩が稽古をつけてやる」

ボウスの発言を受けてもイトマは余裕の表情を失わず、慇懃無礼《いんぎんぶれい》な態度で返事をする。

「へえ、剣聖様の稽古とは恐れ多いですね」

ココと手合わせした時とは違い、ボウスは良一の身長ほどもある両刃の大剣を構えた。

対するイトマは無手《むて》のまま、その場で腕組みをして仁王立《におうだ》ちになる。

無謀《むぼう》にも思えるその姿に応援に来た神殿の騎士達は首を傾げるが、今まで現場にいた人々は息を呑《の》んで状況を見守る。

「木剣でやっても良いんだぞ？」

「真剣でも木剣でも、結果は変わりませんから」

その言葉を聞くやいなや、ボウスは強く踏み込み、イトマの右上段から大剣を振り下ろす。

普通であれば大剣は右肩に当たり、そのままイトマを両断する――はずだった。

しかし、刃は肩のあたりで不自然に動きを止め、イトマも涼《すず》しげな表情を崩さない。

さすがのボウスも一度距離を取った。

「まったく、面倒な……」

「ボウス様、この男――イトマは〝聖霊喰らい〟のようです。帝都北部では〝不死身〟の二つ名で呼ばれる危険人物です」

状況の推移《すいい》を見守るカロスが説明すると、ボウスが頷いて応えた。彼は少しの間考える素振《そぶ》りを見せてから、再びイトマに向かって走り出す。

そして、地面を抉《えぐ》るように大剣を下から上に振り上げる。土を飛ばしながら迫るその剣を避けるために、イトマはバランスを崩して一歩後退した。

その瞬間を見逃さず、ボウスは返す刀で大剣を振り下ろす。

「スラーッシュ‼」

ボウスの必殺技が、気合《きあい》の叫び声とともに炸裂《さくれつ》した。

大剣を振り切った後、束《つか》の間《ま》の静寂《せいじゃく》が場を包み、一陣《いちじん》の風が吹き抜ける。

見ると、直前まで余裕の表情を浮かべていたイトマの左肩から腹にかけて、一本の赤い線が走っていた。

一瞬の後、その赤い線から血が噴《ふ》き出《だ》す。

しかし――

「剣聖の太刀筋は凄《すげ》えな……普通だったら両断されていたぜ」

そんな状況にもかかわらず、イトマは平然と立っていた。

そしてボウスに一歩ずつ近づいていく。まるで歩くことでその身に受けた傷を再生させているかのように。

「稽古というなら、こっちからもお返しだ」

イトマの言葉を受けてボウスは大剣を正眼《せいがん》に構えて、正面から攻撃を受け切る構えを見せた。

イトマは相変わらずの笑みを浮かべながらゆっくりとした動作で身を屈《かが》め……あろうことかボウスの大剣に肩から体当たりを食らわせた。

その直後、緩慢な動きからは考えられない威力がボウスを襲う。

ボウスはたまらず大剣を地面に突き立てて、衝撃に耐えようと踏ん張る。それでもずるずると後退し続け、遠巻きに二人を囲んでいた騎士達のところまで押し込まれた。

ボウスに大きな怪我はないが、手にしている大剣にはひびが入っていた。もう一度振るえば簡単に壊《こわ》れてしまうのは明白だ。

そんな大剣を見て、ボウスは大きく息を吐く。

「得物《えもの》がダメになった。稽古はこれまでだな」

「そうでしょうね」

突然の休戦宣言に周囲が顔を見合わせる中、イトマはなんでもないかのように肩を竦めた。

ボウスはそれっきりその場に座り込んで、顎に手をやって静観を決め込んだ。

町一番の使い手が勝負を投げたことで、一同に動揺が走る。

状況が呑み込めずに困惑《こんわく》する良一に、何かを思い出したらしいココが推測を口にした。

「理由がわかりました。剣聖は剣の求道者ゆえに無闇に剣を振るえません。彼らが戦えるのは、同じ剣聖か、魔物だけなんです……！　剣聖以外の人とはあくまで稽古をするだけで、殺意を持って剣を向けてはいけないんですよ」

「じゃあ真剣での稽古をしてたけど、剣が壊れたから終了。剣聖ボウス様はもうイトマとは戦えないってことか⁉」

「はい……それが剣神と剣聖の約定《やくじょう》です」

納得はいかないが、ボウスはこのような場でふざけるタイプではない。

「剣聖が倒せなかった化け物を、俺達だけで相手にできるのか……？」

デル侯爵家騎士団の誰かがそんなことを口にした。

その言葉を聞いた他の騎士達に動揺が伝わる。

良一も奥歯を噛《か》みしめながら、圧倒的な実力を持つ剣聖でさえも倒し切れなかったという事実がいかに重いかを実感していた。

「いい感じに絶望してきたな」

イトマは口笛《くちぶえ》を吹きながら軽々しく続ける。

「最初から言っているが、俺の目的は石川良一、お前の首だ。お前の首さえ手に入ればすぐに消えるさ」

イトマの発言を受けて、様々な想いのこもった視線が良一に集まる。

ココやキャリーやマアロは心配そうに、ボウスは励《はげ》ますように力強く、周囲の騎士達は不安や怒り、あるいは懇願《こんがん》の目で良一を見る。

その時――

「誰が大切な客人の首を差し出すものか！　デル侯爵家は――いや、このデルトランテの民の誰であっても、お前の要求には決して応じない！」

カロスが力のこもった声で決然《けつぜん》と態度を表明した。

その言葉に奮《ふる》い立《た》ち、周囲の騎士達も覚悟を決め、剣や槍を握る手に力を込める。

カロスのこの一言が、場の空気を決定づけた。

良一は、初めて彼と会った時に感じたえも言われぬ強さは、デルトランテとその民を守る者としての矜持《きょうじ》から来るものなのだと悟《さと》った。

「そうだ！　俺達は精強《せいきょう》のデル侯爵家騎士団だ」

「犯罪者などには屈したりせん！」

騎士達は自分を鼓舞《こぶ》するように大きな声を上げる。

その声は次第に広まり、騎士団は完全に立ち直った。

「威勢がいいのは構わねえけど、無駄なあがきだな」

イトマはそう吐き捨てて、再び歩き出す。良一の命を奪うために。

しかし騎士達も負けじと魔法を放ちはじめた。

彼らはたとえ通じないとわかっていても、良一達のために力を揮い、立ち向かう。その

姿を見て、良一は胸が熱くなった。

そんな中、今までじっと戦いを観察していたマアロが、はっとしたように呟いた。

「……もしかして」

その声に反応して、良一が振り返る。

「どうした、マアロ？」

「イトマが何を取り込んだ〝聖霊喰らい〟なのか、わかったかもしれない」

「本当か⁉」

「確かめる」

そう言って、マアロは騎士達の魔法に紛《まぎ》れ込《こ》ませるようにして水魔法を放つ。

その魔法はイトマではなく彼の足元に向かい、手前の地面を穿《うが》った。

地面がくぼみ、それに躓《つまず》いたイトマが少しだけよろめいた瞬間——着弾した騎士達の魔法でイトマに傷がついた。

次の一歩を踏み出した時にはもう治っていたが、良一達は確かに普通の魔法でイトマに傷がついたのを見た。

「やっぱり……」

「確証《かくしょう》は得られたのか」

「あの能力は聖牛《せいぎゅう》ナディールだと思う」

聖牛ナディールという単語に心当たりがなかった良一はキャリーやココを見るが、二人も首を横に振っている。

しかし、セラとシーアはマアロの言葉を聞いて理解したようだ。

「聖牛ナディールね」

「そう言われると、納得なのです」

マアロは手短に聖牛ナディールについて説明した。

聖牛ナディールは神話に出てくる生き物で、神を背中に乗せて移動する役割を持っているらしい。その行く手は、何人たりとも阻めない。

また、神の足が地面につくことは許されないため、聖牛ナディールはどんな攻撃を浴びてもよろめかず、転《ころ》ばないという。

その肉体は耐久力に優《すぐ》れ、神の一撃をも通さない上に、驚異的《きょういてき》な回復力を持つと言われている。

「ん……？　神の一撃も通さないなら、なんでさっき傷を負ったんだ？」

良一は頭に浮かんだ疑問を口にした。

「聖牛は神を乗せて大地を歩く生き物なのよ」

「だから、足が地面についていない時には、能力が発揮《はっき》されないのです」

セラとシーアの補足もあり、良一達はその能力の片鱗《へんりん》を掴んだ。

大地に両足がついている限りは剣聖ボウスや大精霊の攻撃を防ぐほどの耐久力を誇り、たとえ傷を負っても歩くごとに回復する。

逆に言えば、足が地面から離れさえすれば、ダメージを負う。

伝承《でんしょう》ではよろめかず不転の牛ともあるらしいが、マアロの魔法で躓いたのを見る限り、取り込んだだけの能力は神話通りではなく、その力が制限されていると思われる。

巨漢の騎士やボウスをいとも簡単に吹き飛ばしたのは、神が行く道にある障害を排除するという性質から来る能力だろう。

彼らが良一という目標との間に存在する障害物として認識されてしまったのだ。

「奴を倒すには、両足を地面からどうやって離すかが重要ね……」

キャリーが考え込みながら呟いた言葉に、全員が頷く。

とはいえ、イトマも自分の弱点くらいは把握しているだろう。絶大な防御力に慢心《まんしん》し、こちらがまだ能力の正体を見抜いていないと思って油断している間に、素早くやるしかない。

「両足を地面から離すのは私達に任せて」

「仕掛けがわかれば、やるだけなのです」

セラとシーアがやる気を漲《みなぎ》らせる。

良一はキャリー達と作戦を練《ね》り上げ、それをカロスに伝えに行く。

騎士団を指揮していたカロスは、良一達がイトマの能力に見当をつけ対処の方法まで考えついたことに驚いたが、すぐに作戦を考察して了承した。

「確かに、石川男爵の推測は納得できる部分が多い。このままジリ貧になるよりも、この作戦に賭《か》けてみよう」

カロスは大きく頷いて、前方でイトマを足止めするべく戦い続けている騎士達を見やる。

良一も騎士団の奮闘《ふんとう》に心の中で礼を言いながら、合図を待つために持ち場に戻った。

キャリーやセラ、シーアにもタイミングを待つように伝える。

「デル侯爵家騎士団の強者達、その底力を発揮せよ！」

カロスの号令を受け、騎士団が放つ魔法の激《はげ》しさが一気に増し、攻撃がイトマの顔面に集中する。さすがのイトマもたまらず歩みを止めた。

その間、副長のナタリアがイトマの背後に回り、切り札《ふだ》である大剣型の神器を召喚《しょうかん》する。

神器の気配を感じたのか、顔面に魔法の猛攻《もうこう》を受けながらも平然とした様子のイトマが、チラリと後方を窺い見る。

「神器でも意味ねえよ」

彼が嘲笑《ちょうしょう》したその時――騎士達の魔法攻撃がピタリとやみ、周囲が一瞬静けさに包まれた。

イトマが何事かと騎士団の方に視線を戻した隙に、ナタリアが大剣型の神器でイトマの背中を斬りつけた。

斬撃というよりも、巨大な重量に任せて叩きつけるような破壊の一撃。

やはりダメージは通っていないが、神器の威力は伊達ではなく、イトマがわずかによろめく。

神器の一撃をもってしても決めきれなかったナタリアは苦々《にがにが》しそうに顔を歪めるが、深追いはせず、大きくバックステップしてその場を離れた。

そこに、体勢を戻す暇《ひま》を与えず、セラとシーアが連携《れんけい》して放った大魔法がイトマを襲った。

間欠泉《かんけつせん》のように地面から天に向かって水流が噴き上がる。

神器で背中を強打され、バランスを崩したところを追撃《ついげき》されたイトマは、たまらず驚きの声を漏らす。

「――な⁉」

水の勢いに押されて踵《かかと》が浮き上がるのをどうすることもできない。

イトマは水流に抵抗するのを諦め、足を地面につけようと慌てて飛《と》び退《すさ》るが、今度は地鳴りの音とともに、着地しようとした地面がひび割れ、大きな亀裂《きれつ》が生じた。

「今だ！」

イトマの体が落下し、地面に着くまでのわずかの間に、良一とキャリーの精霊魔法や、騎士団の面々が放った魔法が集中した。

先ほどまでどんな攻撃にも耐えてきたイトマが体を大きく仰《の》け反《ぞ》らせて吹き飛ばされる。

数秒にも満たない間に無数の魔法を叩き込まれたイトマは、抉れた地面に倒れ込んだ。

「……やったか？」

騎士の誰かが呟いた瞬間、イトマの体がぴくりと動いた。

まだ生きていることに、全員が衝撃を受ける。

イトマはゆっくりと手をついて、上半身を起こした。

全身に火傷《やけど》や切り傷などを負っていて無傷の部分を探すのが難しいほどだが、それでもイトマは再び立ち上がった。

「どうやら俺の能力の見当をつけたみたいだな。……だが、殺しきれなかった」

苦々しげにそう言って、イトマはまた良一を見据えて歩きはじめた。

その歩みは緩慢で、幽鬼《ゆうき》のように揺れていたが、体は歩くたびに回復している。

その回復を防ぐために、良一達は再び魔法を浴びせる。

騎士達も半狂乱《はんきょうらん》になりながら、魔法を撃ち続ける。

繰り出される魔法攻撃も虚《むな》しく、その歩みは止められない。

「これが不死身のイトマなのか……」

カロスが呟きながら唇を噛んだ。

良一も攻撃を続けながら、目の前の事実に絶望するしかなかった。

そしてついに、イトマの全身が回復してしまう。

「さすがだよ。ここまでヤバかったのは久しぶりだ……」

イトマの瞳には今まで浮かんでいた余裕の色はなく、冷酷《れいこく》で残忍《ざんにん》な光を灯《とも》していた。

その雰囲気に威圧され、騎士達がジリジリと後退りする。

「ひっ……！」

「うぅ……」

良一の後ろにいるセラとシーアが短い悲鳴を上げる。

大精霊の子供である二人も、恐怖に顔を歪めた。

「能力がバレたなら遊びは終わりだ。石川良一、諦めてその首を差し出せ」

イトマが右の手のひらを上に向けて、良一に突き出す。

「何度も言うが、そうはさせん」

カロスが毅然《きぜん》とした声で応えるが、場の空気は冷え込んだままだ。

作戦が上手《うま》くいったのに倒し切れなかったことで、キャリー達にも動揺が広がる。

イトマの歩みに合わせて戦線も後退を続けた結果、とうとう良一達は侯爵邸前の広場に着いてしまった。

最悪の事態を考え良一が侯爵邸を振り返ると、寝ていたはずのメアとモアとキリカが、みっちゃんに守られるようにして門のそばに立っていた。

良一達が心配でいても立ってもいられず、出てきてしまったのだろう。

不安そうにこちらを見る子供達を安心させるために、良一は手を振る。

メアは小さく頷き、モアは手を上げて振り返す。腕を組んだキリカは、絶対に勝てと言わんばかりの視線だけを送ってきた。

帝都での邪神騒動からそう日も経っていないのに、また心配をかけてしまうことを申し訳なく思いながらも、良一は己を奮い立たせる。

「……こうなったら、やるしかないですね」

「良一君、作戦はあるの？」

「いいえ。それなりに場数を踏んではきましたけど、正直《しょうじき》に言って戦闘は苦手《にがて》です。だけど、俺にはゴリ押しする力があります」

良一はそう言ってからイトマを見据える。

「成功するかわかりませんが、後ろに家族や仲間がいるんです。邪神の時のように、ただ倒れるだけの格好悪い姿はもう見せられません」

それは自分に向けた言葉でもあった。

良一はイトマを囲う騎士達の輪から一歩前に出る。

彼の後にキャリーとココとマアロも続いた。

それを見たイトマが不敵に笑う。

「ようやく決心がついたか？」

「決心ならとっくについているさ。不死身のイトマ、お前を倒す！」

良一はそう叫んで分身体を召喚する。

突如現れた良一の分身を見て、味方の騎士達がどよめく。

構わず突撃させた分身体がイトマを殴《なぐ》りつけるが、一瞬で消滅《しょうめつ》した。

その後も分身体が次々と躍《おど》りかかり、剣や斧で斬りつける。しかしイトマの体に触れたそばから霧散していく。

「なんだ、これはお遊戯《ゆうぎ》か？」

「……」

挑発の言葉に反応もせずに、良一はひたすら分身体の突撃を繰り返した。

しかし、状況は好転しない。

最初、イトマは分身体の攻勢に足を止めたものの、あまりにもお粗末《そまつ》な攻撃に呆れ、無視して再び歩きはじめた。

何かイトマを倒す手がかりは掴めないかと、良一自身も分身に紛れて蹴《け》りつける。

膨らんだポケットに命中するが、ボフッという柔らかな手応《てごた》えに阻まれて、ダメージが通らない。

「温室育ちの蹴りだな。殺気が足りねえ」

イトマは分身と本体の違いに気がついていなかったようだが、体が消えずに残った良一を見て、にやりと笑った。

直後、不可視の壁のようなもので良一は全身を押し返された。

それからも、なんとかイトマを転ばせようとあの手この手で分身体をけしかけるが、全く上手くいかない。

カロスや騎士団の面々は手出しできず、遠巻きに良一の攻勢を見守るだけだ。

「そろそろ殺していいか?」

飽《あ》き飽《あ》きした様子のイトマが、弾き飛ばされた良一に冷酷な目を向ける。

その時、ガンッと何かがぶつかる音が響き、イトマの頭が揺れた。

侯爵邸の方を向くと、みっちゃんがライフル型の魔導銃を構えていた。

「良一兄さん……!」

「良一兄ちゃーん、がんばれー!!」

メアとモアが胸の前で手を組んで、懸命《けんめい》に声援《せいえん》を送る。

「随分と慕われているようだが……もう終わりだ。楽にしてやるから、しぶとく抵抗せずにさっさと諦めろ」

「なおさら諦めるわけにはいかないな……！」

そうは言ったものの、イトマを倒す糸口が掴めない。

良一は、先ほどの騎士団との連携で仕留《しと》め切れなかった理由を必死に考える。

あの時、イトマの両足は確かに地面から離れていた。

それなのに、強固な防御力は完全には失われていなかったように思える。あれほどの魔法の集中砲火を受ければ、それこそ木っ端微塵《こっぱみじん》にされてもおかしくはない。

イトマ自身も能力がバレたと言っていたから、彼は聖牛ナディールの能力を持つ〝聖霊喰らい〟で間違いないはずだ。

思考する良一と入れ替わりに、ココがイトマの足を斬りつける。

やはりダメージは通らずに剣を弾かれるが、その拍子《ひょうし》にズボンの裾《すそ》やポケットから、パラパラと土がこぼれ落ちるのが見えた。

デルトランテの道路は土を踏み固めているだけなので、靴《くつ》やズボンに土が入り込んでもおかしくはない。

しかし、彼の服からこぼれたのは、赤っぽくてさらさらしたデルトランテの土とは違う、黒い土だった。

その時、良一の頭に〝ある考え〟が閃《ひらめ》いた。

――イトマは意図的に土を身につけているのではないか。

ようやく掴みかけた糸口だが、それを全員で共有している時間はない。

完全に賭けだが、皆を信じて合わせてもらうしかない。

「セラ、シーア！」

すっかり戦意を喪失《そうしつ》した二人は、モアの側まで下がっていた。

良一が呼び掛けても、すぐに返事をしない。

セラとシーアの動揺を悟ったのか、モアが二人の手を握り締める。

「セラちゃん、シーアちゃん、お願い。良一兄ちゃんに力を貸してあげて」

「モア、でも……」

「そうなのです、あいつは倒せないのです」

「良一兄ちゃんならできる！」

モアはセラとシーアの弱気な言葉に被《かぶ》せるように、大きな声で断言した。

「良一兄ちゃんはいつもモア達のために戦ってくれる。そして、いつも笑顔にしてくれる」

モアは一生懸命《いっしょうけんめい》にセラとシーアを励まし続ける。

「モア、なんでもするから……セラちゃんとシーアちゃんの力を貸して！　お願い！」

その懇願を受けて、セラとシーアの目に光が戻った。

「モアがこれだけ頼んでいるんだもの、このまま引き下がるのは気が引けるわね」

「そうなのです。少し弱気になりすぎたのです」

そうしてセラとシーアはモアの手を握り締めながら、イトマを睨みつけた。

「こうなったら、モアの力を借りるわ」

「双精紋を刻んだモアなら、十倍の力が出せるのです」

二人はそれぞれモアと繋いでいるのとは反対側の手をイトマに向けた。

「モア、魔力を私に」

「私にも込めてほしいのです」

セラとシーアの言葉にモアはこくりと頷いた。

「わかった」

モアが二人に魔力を流しはじめると、その力を変換したセラとシーアが凄まじい魔力を溜め込んでいく。

三人とイトマの間にいた騎士達は、射線を確保すべく横にずれて退避《たいひ》している。

先ほどまでセラとシーアが放っていた全力の魔法をさらに数倍上回るほどに魔力が高まったのが、良一にも感じられた。

「どれだけ魔力をかき集めたって無駄だ」

イトマがそう吐き捨てた瞬間――セラとシーアは精霊魔法を発動した。

その魔法は火や水といった属性を帯《お》びておらず、純粋《じゅんすい》な魔力をレーザー光線に変換したようなものだった。

レーザーはイトマに避ける間も与えずに命中し、時間とともに太くなっていく。

近くにいるだけの良一も、肌がチリチリと焼けるような感覚があった。

しかし彼は、《神級再生術》で無理に体を治しながらその場に留《とど》まり、タイミングを見計《はか》らう。

恐るべき威力のレーザーは、両足で地面に踏ん張っているイトマの体に傷をつけはじめる。

イトマも魔力の奔流《ほんりゅう》に弾き飛ばされないように前傾姿勢《ぜんけいしせい》で耐えていたが……ついにその姿勢が崩れた。

それを見て、良一が飛び込む。

良一の動きを確認すると、セラとシーアはすぐに魔法を止めた。

レーザーは一瞬触れただけでもかなり深いダメージを体に残したが、良一はそれを《神級再生術》で回復させせながら、イトマの体を蹴り上げる。

「ココ！　キャリーさん！」

顔をしかめて痛みの残滓《ざんし》に耐えながら、良一は二人の名前を呼んだ。

レーザーの余波《よは》を受けない位置に控えていた二人は、瞬時に加速してイトマに接近する。

蹴りだけではイトマの体は充分に浮かび上がらなかったので、良一はイトマの体の下にできた空間に、分身体を召喚してねじ込んだ。

イトマに触れた分身体はすぐに消えるが、次々と召喚した分身体が山となって膨れ上がり、イトマの体は地上から数メートルの位置まで持ち上げられた。

イトマも地上に逃れようと体を捩《よじ》る。

「リリィ、プラム、頼む！」

良一は自分の契約精霊である二体に指示を出し、イトマの膝を狙って腕を突き出す。

薄く、切れ味を極限《きょくげん》まで高めた水と風の刃《やいば》が放たれた。

魔法の刃は膝を深く切り裂き、血を噴き出させるが……切断するには至らない。

良一の意図を悟り、今まで余裕を崩さなかったイトマの顔に焦《あせ》りが色濃《いろこ》く広がる。

「良一君、膝を斬りたいのね⁉」

「それなら私も手伝えそうです！」

家屋《かおく》の壁を蹴ってイトマよりも高く飛んだキャリーとココは、その手に神器を携《たずさ》えていた。

良一の作戦は知らないはずだが、セラとシーアのレーザーが発射されるのを見て勝負所と判断し、神器を召喚したようだ。

イトマは自分の背後に迫るキャリーとココに悪態《あくたい》をつく。

「クソ野郎が……！」

二人は落下する勢いそのままに、狙《ねら》い違《たが》わず膝を斬りつけた。

血が噴き出す下半身を見て諦めたのか、イトマは目を閉じる。

良一は落ちてくるイトマを見据え、狙いを定めた。

そして、魔力をこめた拳《こぶし》を突き刺すようにイトマの腹に打ち込み、振り抜いた。

イトマは血を吐きながら吹き飛ぶ。それっきり地面に倒れ伏《ふ》したまま、気絶《きぜつ》したのか起き上がる気配は見せない。

《神級鑑定》で確認すると、出血により生命力は極端《きょくたん》に低下していたが、かろうじて生きているようだ。

自分の拳を見つめながら良一が呟く。

「終わった……のか？」

周囲を見渡しても、いまだに状況をよく呑み込めていない者がほとんどだった。

ついに手にした勝利を実感できず呆《ほう》けていると、カロスが近寄ってきて良一の肩に手を載《の》せた。

「石川男爵、素晴らしい力でした」

戦友として修羅場《しゅらば》をくぐったからか、幾分《いくぶん》親しげになっていた。

カロスは良一の手を掴み、誇らしげに頭上に掲げ、宣言する。

「我々の勝利だ！」

カロスの叫びに呼応して、周囲の騎士達も剣や拳を突き上げて雄叫《おたけ》びを上げる。

「「勝利だ！」」

広場は歓喜《かんき》に包まれた。

「やっぱり良一さんは凄いですね！」

「本当よ、素晴らしいわ」

「凄い」

ココ達も良一に駆け寄って、勝利を称《たた》えた。

まるで英雄のような扱いを気恥《きは》ずかしく思いながらも、良一は達成感を噛みしめる。

「ココやキャリーさん、そしてマアロのおかげだ。今回の勝利はこの場にいる誰が欠けても成し遂げられなかったよ」

実際、ココ達はもちろん、デル侯爵家騎士団、剣聖ボウス、ビエスの神殿騎士達の助力がなければ、イトマを倒すことはできなかっただろう。

特に、カロスは絶望的な状況に追い込まれて皆の士気が下がっていた時でも、諦めずに味方を鼓舞して導いてくれた。

あれがなければ、今頃良一はイトマの手にかかっていたかもしれない。

良一は綺麗ごとでもなんでもなく、この場の全員に感謝《かんしゃ》していた。

「後はこちらに任せてください。イトマも騎士団の方で慎重《しんちょう》に対処します。大変な夜でしたが、ゆっくり休んでください」

カロスはそう言って、騎士団へ事後処理の指示を出しに向かった。

二人が話し終わるのを待って、キャリーが声をかけてきた。

「良一君」

「なんですか？」

「そろそろ限界みたいなの」

キャリーは微笑みながら手に持つ神器を見せる。

顕現時間が限界だったのか、それは良一の目の前でフッと消えた。

「良一君はココちゃんを支えてあげて。……私は後ろの騎士様達に支えてもらうわ」

そう言ってキャリーは優雅な仕草で手を額《ひたい》に当てながら……後ろに倒れこんだ。

キャリーの後ろに立っていた二人の騎士は突然のことに戸惑《とまど》いながらも、しっかりと受け止めた。

良一がココの方を見ると……

「すみません……お願いしま、す――」

ココも気絶する寸前だったようで、良一に向かってふらふらとよろめく。

事前に心づもりを済ませているので、両腕を広げてしっかりとココの体を抱《だ》き止めた。

「助かったよ、ココ」

良一が囁《ささや》くように感謝を告げると、聞こえていないはずなのにココの口元には穏《おだ》やかな笑みが浮かんでいた。

マアロもさすがに空気を読んだのか、文句は言わずにココが腰に帯びた刀などを取り外《はず》して楽な格好にさせた。

「ココも頑張った。良一、ちゃんと抱きしめてあげて」

「やってるぞ」

「こういう時はお姫様抱《だ》っこをする」

マアロからの予想外の指示で顔が赤くなるのを感じながらも、良一はココの膝裏に手を入れて抱《かか》え上げた。

日頃はこういう行為を許さないマアロだったが、彼女なりに気を遣《つか》っているのだろう。

侯爵邸に向かう途中、マアロが尋ねる。

「良一はなんでイトマの膝を斬り落とせばいいって気がついたの？」

「ああ、それは疑問だったからだよ」

「疑問？」

首を傾げるマアロに一つ頷いて良一が答える。

「いくら〝聖霊喰らい〟でも、足が地面についていないのに俺やキャリーさんの精霊魔法まで耐え切るのは変だろ？　体勢を崩しても、まだ能力が発動しているとしか考えられない。その後、ズボンから土がこぼれるのが見えて閃いたんだ。土を身につけて、擬似的《ぎじてき》に接地《せっち》した状態を再現しているんじゃないかって」

おそらくイトマは〝足が地面についている〟という条件をいつでも満たせるように、たとえばブーツの中に土を仕込んでいたのだろう。

だから、体勢を崩した状態でも良一達の攻撃が完全に通らなかったのだ。

そしてその状況を打破《だは》するには膝ごと落としてしまう他に方法がなかった。

そんなことを話しながら二人で侯爵邸に向かう。

ココを落とさないように気をつけて歩いていると、メア達が近寄ってきた。

「お疲れ様です、良一兄さん」

「格好良かったよ、良一兄ちゃん」

「さすがだったわ、良一」

メアとモアとキリカが口々に良一を労《ねぎら》った。

「ありがとう。三人の応援で元気が湧《わ》いたよ」

その言葉に、三人も笑顔で応えた。

「もちろん、みっちゃんもね。メア達を見ていてくれて助かったよ」

「自分の役割を果たしたまでです」

みっちゃんはいつも通り冷静な態度で頭を下げた。

「石川男爵、こちらにどうぞ」

侯爵家のメイドに促されて、良一達は屋敷に入った。

侯爵邸の中からイトマとの戦いを見ていた使用人達も、良一達に感謝や労いの言葉をかけて出迎える。

使用人の男性が案内したのは、良一達があてがわれた客室ではなく、別の客室だった。

上級兵が負傷した時用に整えていたらしく机などの家具は運び出されて、病院のようにベッドだけが並んでいた。

良一は抱えていたココをベッドに横たえる。

「石川男爵様、後のお世話はお任せください」

「頼みます」

すぐに着替えを持ったメイドがやってきて、ベッドの周りに衝立《ついたて》を立てて、土埃《つちぼこり》などで汚《よご》れた衣服を取り替える。

ココの寝るベッドの隣にはキャリーも寝かせられた。

◆◆◆

二人の看病をメイド達に任せて部屋を出た良一は、メアやモア達を連れて与えられた客室に移動する。

モア達も戦闘の熱気にあてられてすっかり目が覚《さ》めてしまったのか、深夜にもかかわらず全く眠くなさそうで、良一の部屋までついてきて居座《いすわ》ろうとした。

「良一兄ちゃん、モア達がお着替え手伝おうか？」

「モア、俺は大丈夫だからもう寝なさい。眠気《ねむけ》がなくても体は疲れているものだよ」

「ええー!?」

「モア、良一も疲れているのよ。明日にしましょう」

キリカが興奮するモアをなだめ、みっちゃんと一緒に寝室に連れていった。

「良一兄さんも休んでくださいね」

「ありがとうな、メア。俺もあと少ししたら寝るから、モア達と一緒に先に寝ていてくれ」

「わかりました。良一兄さんは戦って疲れてるんですから、無理はしないでくださいね」

メアも自分に手伝えることはないとわかったのか、念押ししてから自分達の寝室に向かった。

良一は上着《うわぎ》を脱《ぬ》いで濡《ぬ》れたタオルで体の汚れを拭《ふ》き清《きよ》める。

部屋には良一とマアロ、椅子に座り込むセラとシーアだけになった。

セラとシーアが残るのは珍《めずら》しいが……イトマとの戦闘のことで何か話がしたいのかもしれない。

「セラ、シーア、ありがとう、二人がいなかったら勝てなかったよ」

上着の着替えを終えた良一が礼を言うと、二人は無言で手を小さく上げて応えただけだった。

その様子に違和感《いわかん》を覚えて二人に近づく。

「どうしたんだ？　どこか具合が悪いのか？」

セラのおでこに手を当てると、かなりの熱があった。慌ててシーアのおでこにも手を当てて確認する。

「シーアも凄い熱じゃないか⁉　マアロ、疲れているところ悪いけど、二人に回復魔法をかけてあげてくれないか」

「任せて」

マアロはすぐに駆け寄って、二人に回復魔法をかけた。

しかし、状態は良くならない。

セラとシーアはとうとう額から汗を流しはじめる。

「体力も魔力も回復させてみたけど、効果がない」

「怪我をしたわけではないのに、戦闘の疲労だけでこんなにもなるのか？　それとも、大精霊特有の病気か何かとか……」

「わからない」

マアロも原因に見当がつかず、首を横に振る。

精霊に一番詳しいキャリーは神器使用の反動で寝込んでいるし、良一の契約精霊のリリィとプラムに聞いても、大精霊の二人の状態はわからないという。

デル侯爵家も大精霊のことについて詳しくは知らないだろう。

「こうなったら森の大精霊か湖の大精霊に直接会って聞くしかないな。ここからだと、帝国の精霊の森が一番近いか」

焦って飛び出そうとする良一を、マアロが呼び止める。

「さすがに遠すぎる」

「けど、大精霊様から預《あず》かった二人だ。責任があるよ」

頭を抱える良一だったが、不意に背後から肩に手を置かれた。

「森に行かなくても、ここにいるよ」

驚いて振り返ると、いつの間にかそこに、男装《だんそう》の麗人然《れいじんぜん》とした、中性的で凛々《りり》しい大精霊が立っていた。

「森の大精霊様！　セラとシーアの様子なんですが……」

「わかっている、任せてくれ」

森の大精霊は穏やかな顔で良一をなだめると、ゆっくりセラとシーアに近づき、両手をかざした。

彼女の手の平《ひら》から柔らかく温かな白い光が放たれ、二人を包み込む。

すると、途端《とたん》に二人の顔から汗が引き、苦しそうだった表情も落ち着いた。

大精霊はセラとシーアの頭を優《やさ》しく撫でてから、良一とマアロに向き直る。

「随分と激しい戦闘だったみたいだね」

「二人を危険な目に遭《あ》わせてしまい、申し訳ありませんでした」

「いや、二人にも良い経験になっただろう」

大精霊は微笑みを浮かべて、怒っていないと意思表示した。

「大精霊様、二人はどうして熱を出したんですか」

「ただの魔力欠乏症《まりょくけつぼうしょう》だよ」

「魔力欠乏症……ですか？」

「でも、回復魔法が効かなかった」

首を傾げる良一と、疑問を挟むマアロ。

魔力欠乏症は魔法の使いすぎで体内の魔力が急激《きゅうげき》に減《へ》った時に起こる症状《しょうじょう》である。

重い疲労感などの症状が出るが、魔力回復薬や回復魔法を使えば和《やわ》らぐ。

マアロも回復魔法を試《ため》したが状態が好転しなかったので、別の症状だと考えていたようだ。

「それは、シーアとセラの二人がモアちゃんと契約しているせいだね。この子達はモアちゃんに負担《ふたん》をかけまいと、自分の魔力ばかり使っていたのだろう。でも、最後はモアちゃんの魔力を使って大魔法を放った。合っているかな？」

「確かに、二人はモアに頼まれて魔法を使いました」

良一達にも理解できるように、大精霊は順を追って説明する。

「二人は大気中の魔素《まそ》とモアちゃんの魔力を大量に混ぜるのが初めてだったから、きっと加減を間違えて、体内の魔力を使い切ってしまったんだ。普通なら大気中の魔素を取り込んで回復できるんだけどね……」

「それができなくなっている、と？」

「その通り。精霊界と違って、人間界の魔素は濃度《のうど》が薄いし、質も違っていて取り込みにくいんだ。初めて経験する魔力欠乏症に混乱して、二人とも無理に魔素を掻《か》き集《あつ》めようとした結果、魔素を取り込む器官がボロボロになってしまった」

「二人は大丈夫なんですか？」

心配する良一に、大精霊は穏やかに頷いた。

「命に別状はない。でも、今は一時的に私の魔力を譲渡《じょうと》しただけだ。二人が目を覚ましたら、精霊界に連れ帰って、自分で魔力を回復できるように静養《せいよう》させないといけないね」

「じゃあ、二人とはしばらくお別れなんですね」

「そうなるね」

大精霊の言葉に、良一も表情を暗くした。

今晩の戦いを経て、二人と皆の距離は確実に縮《ちぢ》まったはずだ。モアもせっかく仲良くなったのに、急な別れで悲しむだろう。

「なに、また会えるさ。永遠の別れというわけではないんだ」

「そうですね。すぐに精霊界に連れて帰られるんですか?」

「いや、私が譲渡した魔力で半日くらいは大丈夫だろう。朝になったらモアちゃん達とお別れの挨拶をさせよう。勝手に連れ戻すと、二人ともうるさそうだからね」

やれやれと頭を振る森の大精霊から、保護者としての苦労のようなものが垣間見《かいまみ》え、良一は共感を覚えた。

「モアも目が覚めてセラとシーアがいなくなっていたら悲しむでしょうし、そうしていただけると助かります。ご迷惑《めいわく》をおかけしますが」

「構わないよ。朝まで私がセラとシーアについているから、二人は気にせず休むといい」

「ありがとうございます」

しかし、良一は神経が高ぶっていて眠れそうになかったので、モアが起きるまで眠らずに待つことにした。

「マアロは先に寝ていいんだぞ?」

「一緒に起きているのが妻の務め」

そうは言ったものの、マアロは椅子に座ると早々に眠気に負けて舟《ふね》を漕《こ》ぎはじめ、結局良一が部屋に運ぶ羽目《はめ》になった。


森の大精霊にドーナツとコーヒーを出してしばらく話をした後、良一は付近の様子を見るために外に出た。

「広場の修復《しゅうふく》はどうだ?」

「特に破損《はそん》が酷《ひど》いです。元通りにするとなると、資材や人員が――」

エントランスでは、武装を解《と》いて楽な服装に着替えたカロスが、部下の報告に対して何やら指示を飛ばしていた。

まだ暗くてあまり見えないが、イトマが通った道沿いには戦闘の爪痕《つめあと》が残っているようだ。

道路はところどころ陥没《かんぼつ》し、道に面した家屋も倒壊《とうかい》こそ免《まぬが》れたものの、あちこちにひび割れや破損があり、修繕《しゅうぜん》には時間を要する。

良一に気づいたカロスが、話を中断して声をかけてきた。

「これは石川男爵、まだ起きていらしたんですか」

「カロスさんも戦闘の指揮を執《と》っていらしたのに、大変ですね」

「父も執務室で事後処理に追われていますから、私だけが寝るわけにはいきませんよ」

「町に被害を出してしまい、申し訳ありません」

「石川男爵のせいではありません。それに、大きな損害も出さずに不死身のイトマを捕《と》らえることができたのです。大成果ですよ」

「イトマの状況は？」

「両足は止血して、応急処置をしてあります。魔封《まふう》じの枷《かせ》を嵌《は》めて、念のため地面に足がつかないように鎖《くさり》で吊《つ》るしていますので、安心してください」

残酷《ざんこく》ではあるが、万が一にも再生して再び不死性を発揮されては、今夜の死闘《しとう》が水の泡《あわ》になってしまう。

「あとは、早く町が元に戻れば良いのですが」

カロスはそう言って遠い目をした。

差し出がましいかとは思いながらも、良一は自分が保有する魔導甲機《まどうこうき》――魔素を動力とする大型機械――の力があれば、町の復旧の助けになるはずだと考えた。

ただ、良一だけでは細かな試算はできないので、腕時計型端末《たんまつ》でみっちゃんと連絡をとり、相談をする。

みっちゃんはすぐに寝室から抜け出してきて、修繕コストを弾き出した。

彼女がまとめた紙を見て、カロスが唸《うな》る。

「うむ……想定よりも修繕費用が安いな」

「魔導甲機を用《もち》いれば人的コストが大きく軽減《けいげん》できますし、短期間で修復可能です」

みっちゃんは広場だけ修復する場合、道路も整備する場合など、様々なパターンを用意してカロスに提案した。

カロスは魔導甲機の実物を見ていないので即答はしなかった。そこで良一は、デモンストレーションを兼《か》ねて広場の一番破損が激しい場所を修復してみせることにした。

良一はアイテムボックスから建築用魔導甲機を取り出し、みっちゃんが手際よく操作して修復を行なう。

全長四メートルほどの人型の大型機械が、手先のアタッチメントを取り替えながら抉れた地面を埋《う》め、ひび割れを補修《ほしゅう》していく。みるみる修復されていく広場を見て、カロスや集まったデルトランテの職人が絶句《ぜっく》した。

当初は広場の一部分のつもりだったが、途中でやめるのも気が引けて、結局日の出前までに広場全域を修繕してしまった。

あとは人の手で細かな部分を整えるだけである。

「まさか、これほどの魔導機をお持ちとは……」

カロスは驚きのあまり呆然《ぼうぜん》とした様子だ。

「この、みっちゃん――ミチカがいないと、ここまで早くできませんけどね」

魔導甲機の力を理解したカロスは、改めて頭を下げて町の修復を依頼した。

「これなら避難した住民もすぐに家に戻れそうです。ぜひ協力をお願いしたい」

相談した結果、広場と同じ要領《ようりょう》で破損のひどい部分は魔導甲機を使い、細かなところはデルトランテの職人が手作業で修復に当たることが決まった。

カロスは早速父親のデル侯爵に話を通しに行ったので、良一も現場をみっちゃんに任せて、一度客室に戻った。

◆◆◆

朝になり、最初に起きてきたのはキリカだった。

彼女は森の大精霊がいることに驚いていたが、後で説明すると伝えると、納得して顔を洗いに行った。

次に目を覚ましたメアは、良一が寝巻を着ていないのを見て訝しんだ。

「良一兄さん、おはようございます。ちゃんと寝られましたか？」

「おはよう、メア。ちゃんと休んだから安心してくれ」

起きてきた面々と話していると、モアも目を覚ました。

「おはよう、良一兄ちゃん。――って、あれ、シーアちゃんのお母さん？」

モアは早速森の大精霊に気づいて首を傾げる。

「おはよう、モアちゃん。久しぶりだね」

「皆が起きたら説明するから、先に顔を洗ってきたらどうだ？」

「うん、わかった」

モアと入れ替わりに、キャリーが部屋に入ってきた。

顔色は良く、体調は問題なさそうだ。

「あら、森の大精霊様がいらっしゃるのね」

「おはようございます、キャリーさん。気分はいかがですか？」

「元気一杯よ。ココちゃんも朝の準備を終えたら来るはずよ」

そうこうしているうちにセラとシーアが目を覚まし、着替えを終えたココや、マアロとみっちゃんもやって来た。

「よし、これで皆揃ったみたいだね」

良一は一度全員の顔を見回して確認した。

「森の大精霊様がいる理由を聞かせてもらえるのかしら？」

モアやキリカはさっぱり状況が呑み込めていない様子だが、ココやキャリーはセラとシーアの元気がないのを見て、何かありそうだと察したようだ。

「実は――」

良一が大精霊から聞いた話を要約して説明すると、場の空気が重くなった。

モアは表情を暗くして自分のスカートをギュッと掴む。

「セラちゃんとシーアちゃんの元気がないのは、モアのせい……？」

「違うのよ、モア」

「そうなのです。シーア達が未熟《みじゅく》だったのです」

二人は涙を浮かべながら、弱々しくモアの言葉を否定した。

「そうよ、モアちゃん、誰のせいでもないんだよ。二人も少し休んだらまた一緒に遊べるようになるから、待っていてあげて」

森の大精霊が慈愛《じあい》に満ちた表情でモアを慰めた。

モアも目元をぬぐってセラとシーアの二人に抱きつく。

「早く元気になって、また遊ぼうね」

「すぐに元気になって戻ってくるわ」

「そうなのです。絶対の絶対に、約束なのです」

シーアの約束という言葉をきっかけにモアが小指を出したので、三人は指切りしてまた遊ぼうと誓《ちか》い合った。

「涙のまま別れるのはつらいから、朝ご飯を一緒に食べて、笑顔でお別れしましょう」

「いいですね。久しぶりに俺が用意しますよ」

良一は森の大精霊の提案に乗って、少しでもモア達が喜ぶように、甘いフレンチトーストやフワフワのオムレツなど、子供が好むメニューを中心に手早く料理を作った。

セラもシーアも美味しい美味しいと頬張って、いつもの和《なご》やかな雰囲気が戻ってくる。

ささやかな食事会を終え、少しだけトランプなどで遊んだ後……いよいよお別れの時間がやってきた。

大好物のドーナツをお土産《みやげ》に持たせて、森の大精霊とセラとシーアを見送る。

「セラちゃん、シーアちゃん、元気になったらすぐ来てね。また遊ぼうね」

「すぐに元気になるわ。モア、また会いましょう」

「バイバイなのです」

三人は挨拶を終えても、名残惜《なごりお》しそうにいつまでも手を振り続ける。

森の大精霊がセラとシーアの手を取ると、三人は光の粒《つぶ》に変わって精霊界へと転移していった。

笑顔でお見送りできたモアだったが、三人の姿が消えると良一の足に抱きついた。

涙を見せまいと、こらえていたらしい。

モアの頭を、優しく撫でて慰める。

「二人とも、きっと元気になって戻ってくるよ」

「うん……」

その後、カロスをはじめ侯爵家は事後処理で忙しそうなので、良一達は一日部屋で過ごして休むことにした。

昨晩寝ていなかった良一もようやく肩の荷が下りて、夕方までぐっすり眠ったのだった。

◆◆◆

一日中まったりとくつろいで過ごし日も暮れた頃、メイドが良一を呼びに来た。

「石川男爵、侯爵とカロス様が夕食をご一緒したいと申しております」

「わかりました。すぐに行きます」

良一は乱れていた服装を直し、食堂に足を運ぶ。

どうやらカロスとデル侯爵と良一、三人だけで食事会をするようだ。

「まずは不死身のイトマの捕獲《ほかく》及び石川男爵の活躍を祝して、乾杯《かんぱい》といこうか」

上座《かみざ》に座るデル侯爵が音頭《おんど》を取り、ワインの入ったグラスを掲げる。

「乾杯」

「「乾杯」」

デル侯爵に促され、良一とカロスもグラスを合わせた。

しばらく料理を楽しみながら、良一の魔導甲機や戦闘の実力などの話題で盛り上がる。

食事も酒も進んだところで、侯爵が真面目《まじめ》な話を切り出した。

「帝国の侯爵という立場上、王国の石川男爵に帝国の内情にも関わる話をするのはあまりよろしくない。しかし、あれほどの助力を受けて何も伝えないのも不義理だ。だから、これからするのは酒の席での四方山話《よもやまばなし》ということにしてほしい」

そう前置きして、侯爵は続ける。

「デルトランテに入り込んだ不穏分子《ふおんぶんし》の排除は、すでに終わった」

デル侯爵の言葉では、イトマは騎士団をおびき出す餌《えさ》的な役割だったらしい。正面から派手に挑発して騎士団を動かし、その間に他の工作員が良一達を狙う手筈《てはず》だったようだが、幸いメア達に被害はなかった。

騎士団が警護《けいご》を疎《おろそ》かにしなかったことに加えて、みっちゃんが鮮《あざ》やかな狙撃《そげき》で屋敷に潜入《せんにゅう》しようとする工作員を排除してしまったそうだ。

「それはよかったです」

事態の収束を受け、良一はほっと胸を撫で下ろした。

「工作員と不死身のイトマの身柄《みがら》は帝都へと移送されることになった」

「その……失礼ですが、警備は大丈夫ですか？」

良一は少し躊躇《ちゅうちょ》しながらも、正直に疑問をぶつけた。

騎士団が束《たば》になっても勝てなかったイトマを護送するなら、それなりの態勢が整っていないと不安である。

「帝都に駐留《ちゅうりゅう》する帝国騎士団の特殊中隊が警護につくそうだ」

「特殊中隊、といいますと？」

「中央でも選《え》りすぐりの精鋭だ。さらに神器使いの騎士が二名と、ゲイル第一皇子が御《おん》自《みずか》ら同行するそうだ」

ゲイルと聞いて、モアと一緒になって〝スラーッシュ〟と叫んでいた姿が浮かび、良一は必死に笑いを噛み殺す。

言動は少々突飛《とっぴ》だが、彼が帝国きっての武芸者であるのは有名だ。

「それならば安心ですね。でも、あのゲイル第一皇子が帝都を離れてもよろしいんですか？」

良一の含みのある疑問に、カロスが苦笑しながら答える。

「以前はそのままフラッとどこかに消えてしまうことも多かったと聞きますが、皇子ももうよいお歳《とし》です。分別はつくでしょう」

「イトマ達は帝都で裁判《さいばん》にかけられ、処刑されるだろう。今まで犯した罪を考えれば、死罪は免れまい」

侯爵の重い言葉に、良一の顔が曇《くも》る。

「後のことは、自分には関わりがありませんので」

「そうか」

侯爵はグイっとグラスを呷《あお》って空《から》にすると、何やらカロスに目配《めくば》せした。

「石川男爵、これを」

カロスがテーブルクロスの下に手を回し、良一に小さな袋を握らせた。

中を見るようにジェスチャーで示され、良一は軽く紐《ひも》を緩めて覗《のぞ》き込む。

小袋の中身は、一見すると何の変哲《へんてつ》もなさそうな小さな石が一つきり。

良一は鑑定スキルを使用して正体を確かめる。

「……これは？　『聖牛ナディールの蹄石《ていせき》』とありますが、イトマと関係がある物ですか……？」

いきなり核心《かくしん》を突かれて、カロスが驚く。

「ほう、鑑定スキルをお持ちなんですね。その通りです。石川男爵達が斬り落としたイトマの足から摘出《てきしゅつ》された石です」

「どういうことですか」

カロスが説明を続ける。

「我々も詳しいことはわかりませんが、奴にとって聖牛の力は一種の呪いだったようです。

〝聖霊喰らい〟は神をも恐れぬ咎人《とがびと》。その絶大な力と引き換《か》えに、なんらかのデメリットも存在するとされています」

カロスによると、イトマの足は一部が石化していたそうだ。

圧倒的な防御力に任せて強引に突破せず、まさに牛歩《ぎゅうほ》と言うべきゆっくりとした歩みで屋敷を目指したのも、石化の影響で素早い動きができなくなっていたのが原因かもしれない。

もっとも、石化と同時に体は聖牛の力を帯び、特殊能力が発揮されない条件下でも高い防御力を誇るようになっていたようだが。

「なぜこれを私に？」

良一は素直な疑問を口にした。

「研究者の話では、この石は魔力伝導効率が良く、魔法的な武器を作る際には非常に優れた素材になるそうです」

しかし、単に武器の材料になるというだけならば、隠して渡す必要はないように思える。

デル侯爵がカロスの言葉を継ぐ。

「実はな、私は以前から聖牛ナディールの名前は知っていたのだ。ある筋《すじ》では有名なのだが、聖牛ナディールからとれる石には、別の名がある」

「別名ですか？」

「聖者の石。聞いたことがあるかな？」

初めて耳にする名前で、良一は首を横に振る。

「いいえ。錬金術などで有名な賢者《けんじゃ》の石ならば聞いたことがありますが」

「そうよな、賢者の石の方が知名度《ちめいど》はある。しかし、実は賢者の石とも関わりがあるのだ」

話が見えず、良一は黙ってデル侯爵の言葉に耳を傾けた。

「聖者の石と賢者の石。これらは不老不死《ふろうふし》薬の材料と考えられておる。無論、他にも必要な材料はあるのだが、この二つが鍵《かぎ》とされている。聖者の石と賢者の石の二つだけでも、疑似的《ぎじてき》な不老不死薬は作れると唱《とな》える研究者もいる」

「不老不死薬……」

自分の手の中の石が不老不死の素《もと》と知らされ、良一は思わず握りこんでしまう。

「そして帝国では賢者の石を既に保有しておる」

「本当ですか⁉」

つまり、その気になれば帝国は不老不死薬を完成させられるということである。

しかし、デル侯爵は意外な言葉を口にする。

「この聖者の石については、帝都には黙っていようと思う」

「それはどうしてでしょうか？」

「石川男爵もイトマと戦って実感したはずだ。不死の兵は一騎当千《いっきとうせん》。たった一人でも騎士団を相手取れる。もし不老不死薬が完成し、帝国がそれを戦に使ったら……昔のように武力で周辺国を支配し、拡大する流れが戻るやもしれん。帝国の繁栄《はんえい》は喜ばしいが、多くの無辜《むこ》の民《たみ》が血を流し、苦しむ姿を見たくはない」

三十年前の王国との戦争を経験したであろうデル侯爵が、悲しげな目を見せた。

「私も父と同じ考えです。帝国が使わずとも、不老不死薬を巡って争《あらそ》いが生じることは想像に難《かた》くありません。この石の存在が明るみに出れば、それだけで多くの血が流れるでしょう」

「確かに、そうなるかもしれませんね」

事の重大さに、良一は少しだけ気分が悪くなった。

カロスは決意のこもった目で良一を見つめる。

「これをデル侯爵家単独で所持《しょじ》していては、遠い将来、私以降の代の者が野心《やしん》を抱き、悪用しないとも限りません。そこで父と相談して、聖者の石を三分割して保管しようと考えたのです」

どうやら、良一の手にあるのがその分割された一つらしい。

「我がデル侯爵家が一つ、石川男爵が一つ、剣聖ボウス様が一つの、三分割です」

帝国、王国、そのどちらにも与しない中立的な第三者である剣聖、という内訳だ。

「こんなことに巻き込んでしまって申し訳ないが、どうか協力してもらえないだろうか。短い期間過ごしただけとはいえ、石川男爵の心根の優しさはよくわかった。それに、聖者の石を守る力も充分だ。どうかあなたに預かってもらいたい」

「私からもお願いします」

侯爵とカロスは揃って深々と頭を下げる。

「わかりました。お預かりします」

良一は了承してアイテムボックスにしまい込んだ。

「感謝する」

そうして、デル侯爵家での秘密の晩餐は終わった。

良一は聖者の石については皆には話さず、胸の内にしまっておくことにした。

◆◆◆

翌朝、朝食を終えた良一達のもとに手紙が届いた。

「剣聖ボウス様からみたいです」

受け取ったココが封《ふう》を切って中身を読む。

「遊びに来い。稽古をつけてやる……だそうです」

「神殿に行った時にもまた来いって言ってたし、いいんじゃないか」

良一としても、聖者の石についてボウスと話がしたかったので、ちょうど良かった。

モアはメアやキリカが一生懸命構ったおかげで、セラとシーアの別れから立ち直っているようだ。


早速、良一達は護衛の騎士を数人つけてもらって、剣聖ボウスの神殿に向かった。


神殿に顔を出すと、ボウスが元気よく声をかけてきた。

「よく来たな」

「「よろしくお願いします」」

良一達は一礼し、早速ボウスに稽古をつけてもらう。

当初は良一、ココ、キャリーの三人だけのつもりだったが、メアもやりたいと言いだし、キリカにモアまで便乗《びんじょう》し、六人で修業することになった。

みっちゃんとマアロは剣を使わないので見学だ。

子供組の稽古ではボウスは木剣も持たず、メア達の攻撃を避けながら動きを観察してアドバイスした。

少しでも早く一人前になりたいという気概《きがい》から、メアはココに護身術を習っていたので、三人の中では一番動きが様になっている。

しかし、遊び半分で参加したかと思われたモアまでも、ボウスに指導を求めたのには、皆驚いた。

セラとシーアとの別れに、何か思うところがあったのかもしれない。汗を流しながら短い木剣で必死に打ち込むその表情は真剣そのものだった。

「こんな小さいのに、お嬢ちゃん達は三人とも筋《すじ》が良いな」

ボウスから褒められて、子供組の指導は終わった。

みっちゃんにタオルや飲み物の世話を頼んで、今度は良一達がボウスに挑む。

二度目の手合わせとなるココは、今日は完敗だった。

イトマとの戦いを経たからか、あるいはココの成長を見て取ったからか、ボウスの剣には気迫がこもり、一切隙を見せない。

その実力差に驚きながらも、全力の立ち合いにココは満足そうだった。

キャリーもボウスと鍔《つば》迫《ぜ》り合《あ》いを演じ、実力ある者同士の稽古になった。

「じゃあ、最後は石川良一だな」

「胸をお借りします」

良一も木剣を手に取り、果敢に攻め立てる。

ココやキャリーのような剣技の冴《さ》えがない良一では、ボウスに打ち込まれたらまともに反応できない。良一自身それは理解しているので、先手《せんて》を取って攻めかかるのみである。

しかし、勢い任せのゴリ押しが剣聖に通じるはずもなく、軽くいなされて、最後に大剣で木剣を弾き飛ばされて稽古は終わった。

皆が稽古中に指摘された癖や動き方について話し合う中、良一はボウスに近寄って小声で話しかけた。

「剣聖ボウス様、デル侯爵家から例の物を受け取りましたか」

「ああ、あれな」

ボウスは良一に視線を合わさず、自分の胸を軽く叩いた。

ちゃんとここに持っていると、暗《あん》に示したのだ。

「責任もって管理するから心配するな。さっき言った癖を直して、頑張れよ」

「わかりました」

人も多い中で、これ以上の長話は無用と判断し、良一は返事をしてからすぐに離れた。

その後もしばらく、技術向上のために皆で素振《すぶ》りして、汗を流した。

◆◆◆

それから数日経ち、良一達がデルトランテの町の観光名所を一通り回り終えた頃、帝都から騎士団が到着した。

一団の先頭を行くのはゲイル第一皇子。不死身のイトマの身柄を移送する目的でやって来たのだ。

デルトランテの領民達は歓声を上げて迎え入れ、ゲイルは堂々と手を振ってそれに応えている。

「こうして見ると、立派に見えるものだな」

良一がうっかり呟いた言葉に、カロスが反応した。

「確かに。実際、民には慕われているんですよ」

皇子を貶《おとし》めていると取られても仕方のない発言を聞かれたと気づき、良一は慌てて口を噤《つぐ》むが、カロスも他意はないと理解しているので、サラッと流した。

良一は今正装《せいそう》に身を包み、侯爵邸の前で騎士団特殊中隊を出迎える列に加わっている。

不死身のイトマを捕《つか》まえた功労者《こうろうしゃ》として、参列を頼まれたのだ。

住民へのパレードのような行動もついに終わり、広場に到着したゲイル第一皇子が馬から降り立った。

ゲイルはデル侯爵やカロスに挨拶をした後に、良一にも声をかける。

「石川男爵、手間をかけたな」

「お久しぶりです。ゲイル第一皇子」

「大精霊の方々と双精紋を持つ妹君は壮健《そうけん》か？」

「ええ怪我もなく。ですが、大精霊のセラとシーアは現在精霊界に帰っています」

「そうか。スマル王女から手紙を預かってきた。あとで受け取るが良い」

「ありがとうございます」

カロスに案内されて屋敷に入るゲイルの後姿《うしろすがた》を見送った後、帝都から来た騎士の一人が良一に手紙を渡した。

これがスマル王女からの手紙だろう。


良一は早速手紙を部屋に持ち帰り、皆に見せた。

「早かったのね」

「ゲイル第一皇子は回りくどいことは嫌いな性格だから、あっさりしてたよ。それよりも、スマル王女から手紙が来たんだ」

皆の視線が集まる中、良一は封を切って王女からの手紙を読む。

手紙は時候《じこう》の挨拶から始まり、子供とは思えない綺麗な文字と文体で書かれていた。

「……俺達だけ先にカレスライア王国に帰るみたいだ」

今回の反宥和派の襲撃を重く見た帝国上層部とスマル王女達は、予定を早めて良一達を秘密裏《ひみつり》に王国に帰還《きかん》させることに決めたらしい。

「あら、そうなの」

キャリーはさして驚いていない様子だ。

皆に頷いてから、良一はこれからの流れを伝える。

イトマ護送のために来た騎士団は当初の人数よりも多く、その中には良一達をカレスライア王国との国境まで警護する人員が含まれているらしい。

三日後、イトマの護送とともにデルトランテを出発する。帝都に向かう道中で本隊と分かれて、そのまま国境地帯に向かう予定だ。

すでに王国側にも連絡がいっており、王国に入ってからの護衛も手配済みである。良一達は王都を経由してメラサル島に戻ればいい。

王国に帰るといっても、服や荷物はアイテムボックスに入れて移動しているので、さして準備は必要ない。

良一達は荷造《にづく》りよりも、主にお土産の購入に悩むことになった。

皆で町に出て王国では見ない食べ物や、デルトランテの工芸品などを中心に買っていく。

良一には良し悪《あ》しはわからないが、そこは公爵令嬢として英才教育を受け、美術品の見識《けんしき》も深いキリカに見立ててもらった。

キリカはお土産を渡すであろう人のパターンに応じて、必要な物と大まかな数をリストアップして、的確に指示を出していく。

もちろん良一達の分だけでなく、ホーレンス公爵家の代表として自分の分も忘れない。

王都に住む貴族には食べ物よりも酒、あるいは花瓶《かびん》や置物などの調度品が喜ばれるというアドバイスに従って、良一もそれらを多めに購入した。

こうして、出発までの三日間はあっという間に過ぎていった。

◆◆◆

「石川男爵、またいつでもデルトランテにお越しください。歓迎いたします」

「ありがとうございます。デルトランテからは大分遠いですが、メラサル島にいらっしゃった際は、イーアス村にお寄りください。こちらこそ歓迎させてもらいます」

良一はカロスとがっちり握手を交わしてから、騎士団の隊列に加わった。

用意された竜車に乗り込む前に、ゲイル第一皇子にも別れの挨拶をする。

「ゲイル皇子、色々お世話になりました」

「なに、構わん。石川男爵、それから双精紋を持つ妹君、また会える日を楽しみにしているぞ。父からもよろしく伝えてほしいと頼まれている。慌ただしい別れだが、壮健でな」

「殿下《でんか》もお元気で」

良一に倣って、モアもペコリと頭を下げて……

「さよなら、帝国の皇子様。スラーッシュ！」

良一が止める間もなく、〝スラーッシュ〟を口にしてしまった。

これでゲイルのスイッチが入る。

「む？　どうした、この前よりも元気がないぞ⁉　もう一度やり直しだ！　スラーッシュ‼」

「スラーッシュ‼」

「その調子だ、もう一回！」

ゲイルとモアのスラッシュの応酬《おうしゅう》が始まり、良一や側近《そっきん》の者が頭を抱える。

しかし、賑《にぎ》やかな別れは皇子らしいと、今日ばかりは誰も止めず、二人の気が済むまでやらせたのだった。

「では、帝都に向けて出発！」

ゲイルの合図で、騎士団が移動を開始する。

「これで帝国ともお別れか」

「いろんなことがありましたね」

車窓から流れる景色を眺《なが》めながら、メアがしみじみ呟いた。

「あっという間だったけれど、楽しかったわ。本当は留学しに来たはずなのに、結局、途中からなんだかおかしなことになったけれど」

そう言って、キリカが苦笑した。

彼女は本来留学生としてスマル王女達と一緒の学校に通うはずだったのだが、帝国での保護者役の良一の都合に振り回されて、学校どころではなくなってしまった。

「その件はすまなかった」

「でも、本当に良い経験になったわ」


デルトランテを出て半日ほどの地点でゲイル第一皇子が率《ひき》いるイトマの護送隊と別れ、大きな問題も起こらずに国境地帯まで辿り着いた。

遠くの方にはこの付近に棲息《せいそく》する山の如《ごと》き巨大モンスター、マウントタートルの甲羅《こうら》も見える。

前にここを通った時から半年も経っていないのに、大分懐《なつ》かしく感じる。

前方に視線を移すと、王国の旗《はた》を持つ騎士達が見えた。

皆も久しぶりに王国に帰れるとあって、少しだけソワソワとしている。

王国側の騎士達に知り合いはいないが、王国から帝国に向かう際にも護衛してくれた騎士達のようだ。

「帝国の騎士の方々、護衛ありがとうございました」

「任務ですので。石川男爵の勇姿《ゆうし》は忘れません」

護衛隊の隊長はそう言って、胸に手を当てる敬礼《けいれい》をしてから去っていった。

「石川男爵、お元気そうで何よりです。我々は大要塞《だいようさい》には寄らずに、このまま王都へと直行します」

「わかりました。お願いします」

王国側の騎士達に従い竜車や馬車を乗り継ぎ、王都への旅は続く。

◆◆◆

それから数日後、良一達の竜車は無事にカレスライア王国の王都ライアに到着した。

見覚えのある街並みに、ようやく肩の力も抜ける。

良一は王城に登城するように連絡を受けているので、しばらく王都にあるホーレンス公爵の別邸に宿泊させてもらう予定だ。

「キリカ様、帝国への訪問お疲れ様でございました。ごゆるりと旅のお疲れを癒《い》やしてくださいませ」

「数日お世話になるわ」

王都の別邸で見知った執事に出迎えられ、キリカもホッとしているようだ。

しばし部屋でくつろいだ後、良一達は久しぶりの王都でそれぞれ自由に行動することにした。

母親と妹が王都で暮らしているココは、お土産を渡しに行くと言って出かけていった。

ココの妹のミミとメメとは一緒に勉強した仲のメアとモア、マアロもこれに付き合って、一緒に訪問している。

キャリーは王都を拠点《きょてん》とする馴染みのAランク冒険者、ミレイアに会いに行き、キリカも早速王都にいる友人に連絡を取って出ていった。

結局、別邸に残ったのは良一とみっちゃんの二人だけである。

良一は腕時計型端末を起動して、領地のイーアス村にいるスロントに連絡を入れ、現在は王都にいて数日後には出発すると伝えた。

スロントの方でも、出迎えの準備をしておくとのことだった。

「さてと、俺も王都でお世話になった人にお土産を渡しに行った方がいいのかな……」

土産は使用人に渡すべきか、それとも直接会って渡すべきか、貴族の付き合いの作法がわからず、首を捻っていると、メイドが呼びにきた。

「石川男爵様、グスタール将軍の使いの騎士様がお見えです」

「すぐに伺います」

良一は椅子から立ち上がり、メイドの後に続いてエントランスに向かった。

そこには、王国軍の重鎮グスタール将軍の部下である、騎士ユリウスが立っていた。

「石川男爵、お久しぶりです」

「ユリウスさん、お久しぶりです」

ユリウスにはメラサル島での海賊バルボロッサ討伐や、亡者《もうじゃ》の丘での旧ドラド王国解放などの際に何かと世話になった。

「帝国からお戻りになったと聞いて、早速ご挨拶に」

「わざわざすみません。こちらから伺おうと思っていたんですけど」

ユリウスからは無事に帰国したお祝いという形でワインを渡された。

それを受けて良一も、アイテムボックスから土産の蜂蜜酒《はちみつしゅ》を取り出してユリウスに手渡す。

「グスタール将軍は王都にいるんですか？」

「ええ、遠征《えんせい》任務が終わり、今は王都に戻ってきています。石川男爵のご都合がよろしければ、会いたいと申しておりますが」

「自分も予定はないので、構わないですよ」

そうして、良一はユリウスに連れられて王国騎士団の本部へと向かった。

王城の近くにある本部には多くの騎士が詰めており、指揮官クラスの上級騎士の姿が多く目に付く。

グスタール将軍の執務室は、騎士団本部の中央に位置する建物の五階だった。

建物自体は六階建てで、王都では王城の次に高い。歴史の重みを感じる古めかしい造《つく》りの建物ながら、内部は手入れが行き届いており、赤い絨毯《じゅうたん》には埃《ほこり》一つ落ちていなかった。

階段を上がり、立派な扉の前で立ち止まる。

扉のプレートにはグスタール将軍の名前が刻まれていた。

「騎士ユリウス、石川男爵をお連れしました」

ユリウスがノックすると、中から聞き馴染みのあるグスタール将軍の低い声が返ってきた。

「入ってくれ」

ユリウスが扉を開けて中に入り、良一を招《まね》き入れる。

「久しぶりだな、石川男爵」

「ご無沙汰《ぶさた》しております、グスタール将軍」

執務机から立ち上がり、グスタール将軍は良一に応接用の革張りのソファに座るよう促した。

グスタール将軍が座ってから、良一も向かいのソファに座り、早速お土産を渡してしまうことにする。

キリカが選んでくれた高官用のお酒と金細工が入った置物を差し出す。

「帝国の酒とは珍しい。それに、この置物も見事な意匠《いしょう》だな。ありがたく頂戴《ちょうだい》する」

　将軍にも満足してもらえたようだ。

　良一は秘書官が用意してくれたお茶を飲みながら帝国での話をする。

「しかし、帝国に行って爵位《しゃくい》を上げて帰ってくるとはな。王城で聞いた時には驚いたぞ」

「これもまた巡り合わせで」

「まあ、石川男爵はこれまで様々な偉業《いぎょう》を成し遂げているんだ。いずれ陞爵《しょうしゃく》するのが確実なら、早いか遅いかだけの違いでしかない」

　グスタール将軍はそう言って、お茶を一口含む。

「帝都での出来事は、私も聞いている」

　その言葉を受け、秘書官が数枚の報告書をローテーブルの上に置いた。

　報告書には〝最重要機密〟と赤い文字で大きく書かれている。

　グスタール将軍はそれらを手で示し、良一に読むように促す。

　手に取って読むと、邪神教団による王国使節団襲撃事件や、帝都に邪神が顕現し戦闘があったことについて書かれていた。

「前半に書かれた内容に関しては、他の使節団員からも詳細な報告があったのだが、後半に関しては大まかな情報しか伝わってきていない。帝国内では情報統制されていてほとんど噂にもなっていないため、王国の高官の中には誤報《ごほう》だと断《だん》じる者もいる。我々の間でも意見が割れているのだ」

　邪神教団もさることながら、邪神の顕現となると世界的な一大事であるから、慎重な調査と対応が必要だとしてどう対処するかは判断を保留しているらしい。

「石川男爵、この内容に間違いはあるか」

　グスタールは良一に強い眼差《まなざ》しを向ける。

　良一もごまかそうとはせずに、内容が正しいと認めた。

　そして報告書に書かれていない戦闘の推移や詳細も、自分が知りうる範囲で話した。

　グスタール将軍と良一の他にこの部屋にいるのは、ユリウスと秘書官の二人だけ。将軍は良一の話を止めなかったので、彼らには聞かせても問題ないと考えているのだろう。

　良一が話を終えると、グスタール将軍は大きく息を吐く。

「まさか、顕現した邪神と戦闘を行なうとは……！　ドラド王と戦闘した者がいると聞いた時以上に驚いたぞ」

「二度と戦いたくはありませんが」

「もっともだ。しかし、撃退《げきたい》できて良かった。もし帝都に邪神による大きな被害が出ていたら、世界的な混乱が生じていただろう」

　将軍が続けて何点か質問してきたので、良一はわかる範囲で答えた。

「この話、あまり表には出さない方がいいな」

話を聞き終え、お茶を飲み干《ほ》した将軍が念押しした。

「帝国でも、皇帝陛下やスマル王女からそう言われていますね」

「ホーレンス公爵には娘のキリカ嬢も関係してしまっているから話しても構わんが、その他には内密にしておいてほしい」

「かしこまりました。それと、報告書にはありませんでしたが、念のためお耳に入れておきたい話が……」

「まさか、まだ他にもあるのか」

また報告が上がってから確認に呼び出されても面倒だと思い、良一は聖霊喰らいとの戦闘の話もこの場でしてしまった。無論、聖者の石の件は伏せたが。

「まったく、年寄りの心臓に悪い話ばかりだな。報告書が上がってきたらこちらで対処しよう」

グスタール将軍はどっと疲れた様子で息を吐き、話を締めくくった。

良一は騎士団本部から出て、公爵の別邸に戻ったのだった。

◆◆◆

翌日、王城から使者が来て良一は一人で登城した。

「石川男爵、使節団への同行、及び特別帝国交渉官の任、ご苦労であった。帝国では随分と活躍したそうだな。帝国の使者も優れた人物だと評していた。皇帝の覚《おぼ》えも良いようだぞ」

そう言って良一を迎えたのは、なんと国王アーサリス六世だった。

「身に余るお言葉です」

てっきり、大臣などの高官連中に帝国滞在時の出来事を報告させられるのかと思っていた良一は、国王の登場に腰を抜かしそうになる。

謁見《えっけん》の間には、大臣をはじめ、王都滞在中の貴族が数多く列席していて、良一と国王の会話に耳を傾けていた。

「スマルから男爵位への陞爵願いが来た時には驚いたが、帝国との関係改善に重要な役割を果たしたのは間違いなさそうだ。私からも礼を言う。既に帝国で簡易的《かんいてき》な陞爵式を済ませているとは思うが、改めてこの場で正式な式典を執り行ないたい」

王の提案で、正式な男爵位への陞爵式が始まった。

「汝《なんじ》の王国への貢献《こうけん》を認め、男爵に叙《じょ》する。その力で我がカレスライア王国をさらに繁栄させてほしい」

「王国男爵に恥《は》じぬよう、精進《しょうじん》いたします」

その場で王様から男爵位のメダルを渡される。

王様が退室した後は、王都の貴族達から挨拶攻勢が始まった。

メラサル島の田舎貴族《いなかきぞく》といえども、いよいよ良一を無視できない存在と認めたためか、士爵位を受けた時とは比べ物にならない人数が一言挨拶して今後の関係に繋げようと列をなす。

いつまで経っても終わりが見えず、結局良一はグスタール将軍の助けを借りて、なんとかこの場を切り抜けた。

その後三日間、良一は忙しく挨拶回りをこなし、ヘトヘトの状態でメラサル島への帰路《きろ》に就《つ》いたのだった。

◆◆◆

昼に出発すると見送り人が多くなりすぎると判断し、良一達一行はあえて朝早い時間に王都から出た。

メア達もちゃんと前日のうちに挨拶を済ませていたようで、竜車の中で王都で聞いた話をしてくれる。

道中は特に観光や寄り道はせず、宿泊地に立ち寄る以外はほとんどノンストップで、大陸南端《なんたん》のクックレール港を目指す。

古代遺跡《いせき》で手に入れた飛空艇《ひくうてい》を呼び寄せてしまえばひとっ飛びなのだが、あまり公《おおやけ》にできない存在なので、通常のルートで行くことにした。それに、道中の各町にホーレンス公爵が手配してくれた宿や乗り継ぎの馬車などを無視して一足飛《いっそくと》びに移動するのも失礼に当たる。

クックレール港に着いた良一達は馬車から定期船に乗り換え、約十日の航海の末、無事にメラサル島に着いた。

メラサル島の形が遠くから見えてくると、王都を見た時よりもさらに〝故郷に帰ってきた〟という実感が湧く。

メラサル島の貿易港ケルクが近づくにつれて、岸壁《がんぺき》で手を振って待つ人だかりが見えてくる。

「あれはホーレンス公爵家の旗だな」

「良一にもらった通信機を使って、事前にお父様に連絡を入れておいたの」

キリカが得意げに腕時計型デバイスを掲げながら応えた。

船が岸壁に着くなり、キリカは我先にとタラップを駆け降りて、手を振って迎える一団のもとに走っていく。

そこには、キリカの父親であるホーレンス公爵の姿があった。

「お帰り、キリカ。無事に帰ってきてくれて何よりだ」

「ただいま戻りました、お父様」

親子の再会の挨拶を終え、ホーレンス公爵は良一にも声をかけた。

「王都からトラブルに巻き込まれたようだと連絡があった時は心配したが、こうして娘が元気で安心したよ」

「キリカちゃんを危険な目に遭わせてしまい、申し訳ございませんでした」

頭を下げる良一に、公爵は笑って応える。

「なに、謝《あやま》ることはない。むしろ、石川男爵に預けて間違いなかったと思っているよ。娘にとっても通常では得られぬ、貴重《きちょう》な体験となっただろう」

それから、一行はホーレンス公爵が用意した馬車に同乗して公都グレヴァールへと移動した。

グスタール将軍のアドバイス通り、車中で公爵に邪神との一件について報告する。

「ふむ……邪神の話はただの噂だと思っていたが、まさかキリカにも関係していたとは。しかし、帝国が情報を隠蔽《いんぺい》している以上、こちらが公にして騒ぎ立てては外交問題になる。なんらかの動きがあるまでは、私も胸の内にしまっておこう」

「ありがとうございます」

◆◆◆

良一達は公都グレヴァールで一泊し、盛大《せいだい》な歓待《かんたい》を受けた。

その翌日、イーアス村へと出発する良一達一行は、玄関前に勢揃《せいぞろ》いした公爵家の家臣《かしん》達に見送られていた。

長く行動を共にしたキリカとも、これでお別れだ。

「またイーアス村に遊びに行くわ」

「待ってるね、キリカちゃん」

モアとキリカが固い握手をした。

帝国に行く前と比べて、メアやマアロ、ココもキリカとの距離がぐっと縮まったので、皆別れを惜《お》しんで挨拶を交わしている。

「良一、無事にグレヴァールに戻ってこられたのも、あなたのおかげよ」

「危険な目にも遭わせちゃったけどね」

キリカは首を横に振る。

「それなら気にしないで。良一が一緒にいるんだもの、心配してなかったわ」

「帝国や王都と比べたら全然近いんだし、またイーアス村にも遊びに来てよ。きっとモア達も喜ぶからさ」

「絶対に行くわ」

　そうして一行は馬車に乗ってグレヴァールを出発した。

　途中ギレール男爵が治める農業都市エラルに寄って帰国の挨拶をし、メアとモアの故郷であるドワーフの里では、二人の父親の墓に帝国のお土産を供《そな》えて無事の帰還を報告した。この辺りの道はもう何度も通っているので、皆慣れたものだ。

　良一はせっかくだからメア達の生家で一泊しようと提案したが、メアとモアは早くイーアス村に帰りたがったので、そのまま里を出て移動を続けた。

　今は亡《な》きメア達の父親に悪いとは思いながらも、イーアス村がメアとモアの帰る家になったのだと実感し、良一は少し嬉しかった。

　そしていよいよ短いようで長かった帝国への旅も終わりを迎える……

「イーアス村が見えてきたよ、良一兄ちゃん」

　馬車から身を乗り出していたモアが、大声で知らせた。

「やっと帰ってきましたね、良一兄さん」

「ああ、メアも皆もお疲れ様」

　懐かしい景色に自然と声が弾む。開け放った窓から香ってくる木の匂いは、とても心地《ここち》よく、何故《なぜ》か少し涙が出た。

良一にとっても、この村は紛れもなくふるさとになっていたのだ。

「殿《との》～！　メア嬢にモア嬢～！　元気でござるか～」

イーアス村の門の前で、象獣人のスロントが大きく手を振って馬車を迎えた。

その声に反応して、メアとモアが窓から乗り出して手を振り返す。

「「ただいま～！」」

温かい声に迎えられながら、一行が乗った竜車はイーアス村の門をくぐったのだった。

二章　大誕生日会《たんじょうびかい》

「ついにイーアス村に戻ってきたな」

馬車を降りた良一は感慨深く周囲を見回した。

「殿、長旅お疲れさまでした」

「良一君、元気そうで何よりだ」

良一の家臣であるスロントや村長のコリアスをはじめとした村の代表者達が、一行を温かく出迎えた。

スロントとはついこの前も腕時計型デバイスで映像通話などをしていたはずなのに、実際に会って会話をすると懐かしさを覚える。

「此度《こたび》も随分と活躍されたようで」

「まあ、成り行きや縁が重なった形だね」

スロントにはすでにおおまかな内容は伝えてあるのだが、邪神のことなどは機密性《きみっせい》が高いため、この場では二人とも曖昧な表現に留《とど》めた。

木こりの師匠《ししょう》であるギオが、良一の背中を叩いて労う。

「こうして良一の顔を見るのも久しぶりだが、一段と逞《たくま》しくなったな。男を上げたんじゃないか」

「ギオ師匠にそう言われると嬉しいですね」

兄弟子《あにでし》のファース達も変わりない態度で良一を迎え入れ、早速酒を飲みながら土産話を聞かせてほしいとせがんだ。

良一達はイーアス村の住民達の挨拶に応えながら、領主館に移動する。

村を離れて数ヵ月だが、見たことのない建物も増えていて、随分と発展しているのが窺える。

元々小さな村だったので、領主になって以降の見回りでほとんどの村民と顔見知りになっていたが、沿道《えんどう》に詰めかけている人の中にはちらほらと見覚えのない顔もあった。

「結構新しい人がいるみたいだね」

領主館に戻って一息ついた良一は、あらためてスロントから現状の報告を受けていた。

以前から多数の移住希望が寄せられていたが、際限《さいげん》なく受け入れると治安の面での不安や、近隣《きんりん》の領主との軋轢《あつれき》が生じかねないので、しばらくは制限していたはずだ。

スロントがため息混じりに応える。

「その件でござるが……」

確かにスロントは移住希望者の要望を押し止め、無断《むだん》で住み着こうとする者は、自警団と協力して取り締まっていた。

しかし、一般人ならばそれで良かったのだが、相手が貴族となると話は変わってくる。

ホーレンス公爵やギレール男爵が、イーアス村に別邸の建設許可を求めてきたところまでは良かった。

良一も主家筋《しゅかすじ》にあたる二家の要望を断るつもりはなく、快《こころよ》く受け入れた。

それに別邸といっても大がかりなものではなく、あくまで二家の使用人達が宿泊するための場所である。

ところがこれが引き金になって、他の貴族家も競《きそ》うように別邸の建設許可を求めてきた。

「……それで認めてしまったのか」

「いえ、そこはホーレンス公爵家が仲介《ちゅうかい》して、要望を止めてくださった」

「ならどうして」

「それらの貴族家の次男三男坊達が直訴《じきそ》しに来たのでござる」

一口に貴族と言っても、領地を持つ者とそうでない者がいる。

ギレール男爵などは農業都市エラルを含む広範《こうはん》な領地を管理しているが、低位の士爵クラスの貴族となると、小さな村が一つから二つといった程度の領地しか持っていない。

こうした貴族家に生まれた次男や三男が自分の領地を与えられることは稀《まれ》で、育った領地で次期領主となる長男を支えるか、他の町に移るなどして独自《どくじ》に生計を立てるのが常だ。

しかし武術や学問に秀《ひい》でる者ならば、よその町に出てもそれなりに成功を収めるが、家《いえ》柄《がら》しか取り柄《え》のない者は、その日暮らしに近い生活を送っていることも多いという。

たとえ次男三男であっても、今まで暮らしてきた領地では大きな顔ができたので、貴族としてのプライドが育《はぐく》まれる。

そのせいで、彼らは生活が困窮《こんきゅう》しても仕事を選ぶ傾向にあり、ますます追い込まれていくのだ。

「つまり、彼らは発展中のイーアス村に来れば、貴族としてのプライドを満たす重要な仕事にありつけるだろうと考えているわけか……」

「その通りですな」

「厄介《やっかい》だな。でも、中には本当に優秀な人もいるんじゃないか？」

良一の問いかけに、スロントは首を横に振って答える。

「貴族の嗜《たしな》みとして幼少期から剣術を習っているので、一般の村人よりも腕は立つでしょう。村の警備隊として採用すればそれなりに力を発揮するでしょうが、なんの実績もあげずに最初から隊長の役職を求める者ばかりでして……」

「それはなんとまあ……」

「世間知らずな連中ですので見通しも甘く、イーアス村に来るまでに旅賃《りょちん》を使い尽くし、当てもなく村に滞在し続けておるのです」

話を聞き終え、さすがの良一も頭を抱えた。

無論、良一とていずれ使用人の数を増やしたいとは思っている。

執事見習いのポタルや料理長のランドをはじめ、今いる良一の家臣の大半はギレール男爵に紹介してもらった人材だ。

新たに家臣を増やすなら、今度は自分の手で探すのが道理ではある。

だからと言って、スロントも眉をひそめる連中と一緒に頑張っていくのは難しそうだ。

「実家を出た身とはいえあまり無下《むげ》にあしらうと、本家に与える印象は悪いでしょうな。今後の島内での関係性を考えるなら、彼らの体面を保って穏便《おんびん》に解決したいところでござるが……」

二人は一緒に頭を悩ませる。

スロントもコリアス村長の下で政務《せいむ》関係の知識を身につけたとはいえ、王国貴族のこととなると心もとない。

「こういう時はギレール男爵に相談するのが一番でござるが、殿も同じ男爵位になったのですから、いつまでも頼りきりというわけにもまいりませんからな」

「まあ、そうだよね。このくらいの問題は自分達で対処できるようにならないと」

村に帰って早々問題に直面し、頭が痛くなる。

「じゃあさ、いっそメラサル島全体に家臣募集《ぼしゅう》をかけてみる？」

悩んだ末、良一が口にしたのはそんな言葉だった。

「メラサル島全体にですか？」

「うちの家臣が少ないのは事実だし、スロントが断っても連中が諦め悪く居座るのも、採用してもらえるかもしれないと期待しているからだろう？」

「その通りですな」

「だったら、家臣採用のために試験を行なう知らせを島中に出して、優秀な者を採用してしまえば、さすがに連中も諦めるんじゃないかな。それに試験日が決まっているなら、無駄に逗留せず、一度戻って出直してくるだろう」

ある意味、問題の先送りとも思えるが、現状ではそれぐらいしか妥当《だとう》な案が浮かばない。

「殿の考えが一番合理的かもしれませんな。それでいきましょう。して、試験はいつ頃開《かい》催《さい》しますかな？」

「現状では家臣の数に不自由はしてないけど、村が拡大するにしたがって必要も出てくると思う。準備期間も含めて一年後ぐらいがちょうどいいんじゃないかな」

「かしこまったでござる」

そうと決まると、スロントの動きは速かった。

家臣採用試験の概略《がいりゃく》をまとめて書面に書き出していく。

試験は一年後で、基本的にその間は新規で家臣を取ることはない。

募集内容は警備隊から内政官、雑務《ざつむ》まで幅広《はばひろ》く、人数は優秀であれば上限は設《もう》けない。

これらの内容を農業都市エラルにある冒険者ギルドに提出して、島内に広く周知してもらう手筈だ。

「そういえば、ドワーフの里にも冒険者ギルドはあるだろう？　どうしてわざわざエラルのギルドに出すんだ？」

良一は素朴な疑問を挟んだ。

「確かに手続き的にはドワーフの里でも変わらないのですが、冒険者ギルドに行くと大々的に触れ回って、護衛付きの馬車を出そうと思います。安全な旅を保障すれば、イーアス村に滞在する連中も便乗して移動するでしょう」

「なるほど。ドワーフの里で別れるのも、大都市エラルまで行くのも自由か。それなら需《じゅ》要《よう》はあるかもしれないな」

鉱山の町であるドワーフの里は、健康で若い体の持ち主にとって格好の働き場所だ。それに、付近一帯で最も栄《さか》えている農業都市エラルなら、貴族の肩書きでありつける職も少しはある。

「じゃあ、誰にエラルまで行ってもらおうか？」

「トラスにでも行かせましょう。ポタルと一緒に執事の勉強をしておりますゆえ、問題ないかと」

トラスはファースの弟で、以前は良一と一緒にギオのもとで修業していたが、良一の領主就任《しゅうにん》にあたって家臣として立候補した一人だ。

「じゃあ、後はよろしくスロント」

細々したことをスロントに任せ、良一は別の仕事に取りかかるのだった。

◆◆◆

それから一週間後、トラスは護衛を伴ってエラルへ赴《おもむ》き、無事に目的を果たした。

一年後の試験実施《じっし》を通達すると、一部の貴族子弟《してい》が不満を訴《うった》えて領主館に押しかけたが、スロントは文句を言うなら試験を受けさせないと言って強引に話をつけた。

「金がないから手っ取り早く稼《かせ》ごうとして、結構な人数がドワーフの里に残ったけど、あいつらに鉱山労働なんかできるのかな」

スロントに報告を終えたトラスが苦笑しながら漏らした。

良一もメアのために鉱山で鉱石を採取《さいしゅ》したことがあるが、魔導甲機がなければ大変だろう。

「路銀《ろぎん》を使い果たした以上、無理にでもやらなきゃならぬでござろうよ」

「来年もまた来るのかな」

「来たとしても、成長していなければ試験は突破できぬであろうな」

「確かに。いくら人手不足でも、あんな鼻持ちならない連中が大きな顔をしてたら、イーアス村の雰囲気が悪くなりそうだよ」

「はたして、試験を受けてやろうという気概のある者がいかほどいるか……」

ほどなくして、島中の貴族から家臣募集の件で問い合わせの手紙が届いたばかりか、何故かココノツ諸島や王都からも手紙が届いて、スロント達は対応に大慌てするのだった。

◆◆◆

活気に沸《わ》くイーアス村で忙しい領主生活を送る傍《かたわ》ら、良一はなるべく時間を作ってメアやモア達と遊んでいた。

最近ではメアとモアも大分村に馴染んできていて、同い年の子達と遊びに外出するようになっている。それでも、夕飯後にはココやマアロも含めて談話室《だんわしつ》に集まって、皆でお話をするという習慣は変わらずに続いていた。

メアとモアとマアロはホットミルク、良一とココは食後のお酒を軽く飲みながら、まったりとトランプを楽しんでいると、モアがあっと声を出した。

全員の視線が集まる中、彼女は思い出したことを話す。

「そういえば良一兄ちゃんの誕生日《たんじょうび》って、いつなの？」

「誕生日？」

「そう、誕生日！　今日ね、メア姉ちゃんと一緒にお友達の誕生日をお祝いしたから、思い出したの」

この世界でも誕生日を祝う風習はある。

しかし、貴族階級ならともかく、一般家庭では普段よりおかずが少し豪華《ごうか》になるくらいが普通で、プレゼントもあったりなかったり、その時の懐事情次第だ。

良一がこの世界に来て二年ほど経ち、その間にメアやモアの誕生日をお祝いした。

二人の好物やケーキをお腹《なか》一杯食べさせて、ささやかなパーティーをしたが、良一自身の誕生日会をした記憶はない。

「そういえば、良一兄さんの誕生日はもうすぐですよね。えっと確か……」

手元にカレンダーはないので、メアが暦《こよみ》を思い出して指折り数える。

「ちょうど一週間後じゃないですか！」

「ああ、そういえばもうそんなになるのか」

良一はメアに指摘されてはじめて、誕生日が近いことを思い出した。

この世界に来てから毎日のように色々な出来事があって、自分の誕生日など気にかけている余裕がなかったのだ。

「そうなんですか。全然知りませんでした」

ココも驚きを露わにした。

そんな中、モアとメアが元気よく宣言する。

「良一兄ちゃんの誕生日をお祝いしたい！」

「私も良一兄さんのお祝いをします」

「妹からお祝いしてもらえるなんて、お兄さん冥利《みょうり》に尽きますね」

ココに言われ、良一は改めて誕生日を迎える喜びを噛み締める。

「本当に嬉しいな」

彼が父親と二人で生活していた頃は、誕生日といっても取り立ててお祝いはしなかった。

父親は〝これで好きなもんを食ってこい〟と言ってお金を渡すだけではあったが、幼少期の良一はそれを寂《さび》しいとは思わなかった。男二人でケーキを食べるのが気恥ずかしかったのだろうと、なんとなく理解していたからだ。

そんな無骨《ぶこつ》な父親との誕生日を思い出して、懐かしい気持ちになる。

しかし、メアやモアに祝ってもらえるのは素直に嬉しかった。

「モア、どうやってお祝いしようか」

「んっとねー、大きなケーキを作るでしょ、それから……」

早速メアとモアにココやマアロも加わり、わいわいと相談を始める。

「あ、良一兄さんには当日まで内緒です！」

「覗き見厳禁《げんきん》！」

どうやらサプライズにしたいらしく、良一はメアとマアロに談話室を追い出されてしまった。

若干の疎外感《そがいかん》はあるが、祝ってもらう立場では文句を言うわけにもいかないので、良一は皆が考えてくれる誕生日会を楽しみに待つことにした。

◆◆◆

翌日、メアとモアは昨夜の談話室にいなかったメンバーにも色々相談したらしく、誕生日の話は瞬《また》く間に広まってしまった。

キャリーとスロントも何かするつもりなのか、良一との会話の中でそれとなく好みや希望の探りを入れてくる。

良一も野暮《やぼ》なことは言わず、素直に答えておいた。

「しかし、殿の誕生日ですか。こんなめでたい日を失念《しつねん》していたとは、家臣として恥じ入るばかりでござる」

何やらへこんでいる様子のスロントを気遣い、良一は労いの言葉をかける。

「スロントはよくやっているよ。俺達が不在の間もちゃんと切り盛りしてくれたし」

「そうね。良一君が領主になってからは再開発やら帝国行きやらで、慌ただしかったわね。でも、色々あったけれど、こうして無事に一年を過ごせたことは素晴らしいわ」

キャリーの言葉で、良一はしみじみとこの一年を振り返る。

「そうですね。あっという間でした」

「そういえば、先ほど公都グレヴァールから通信が入り、キリカ嬢がお祝いに来るとおっしゃっていましたぞ」

スロントの報告を聞き、良一は苦笑する。

「もうそんなところにまで話が伝わっているのか。でも、わざわざ遠い所からありがたいな」

「まあ、一緒に帝国へと旅した仲なのですから」

「そうね。キリカちゃんも良一君のことをお祝いしたいのよ。それに、モアちゃんと遊ぶ口実《こうじつ》にもなるし、良いんじゃない？」

「じゃあ、スロント、キリカちゃんとお付きの人が宿泊する部屋を準備しておいてくれないか」

「既に手配してあります。お付きの方々は、完成した公爵邸の別邸に滞在していただくのが良いでしょう」

スロントも慣れたもので、いつキリカが到着しても大丈夫なように受け入れの準備を済ませていたらしい。

「思っていたよりもずっと早く再会することになりそうだな」

午後になり、スロントとキャリーとの会話を切り上げた良一は、日課にしているイーアス村の見回りのため一人で外に出た。

開発や主な政務はスロントやみっちゃん、コリアス村長に頼ってばかりなので、せめて領主らしく、村内の様子を把握しておこうという心がけだ。

良一が歩くと、道行く人が親しげに声をかけてくる。

「領主様はもうすぐ誕生日だとか。おめでとうございます」

農作業帰りのおばさんまで良一の誕生日を知っているらしい。

「ありがとう。もう話が広まっているんですね」

「ええ。知り合いばかりの村ですから、多くの住民は知っていますよ」

「ははは、凄いな」

良一が足を止めて話していると、たちまち噂好きのご婦人方が集まってくる。

「領主様も一つ歳を重ねて、これで村もますます発展するね。あとは早く奥さんを見つけてもらって、次期領主様の顔が見られたら、あたし達の村も安泰《あんたい》なんだけどねえ」

おばさま達の迫力に押されて、良一は若干言葉を詰まらせながら笑ってごまかす。

「いやあ……それはまだ時間がかかりそうです」

「うちの娘も領主様みたいな男を連れてきてくれれば安心なんだけどねえ。そうだ、うちの娘なんかどうかね？」

「い……いや、娘さんにもこれから素敵な出会いがありますよ」

「あらやだ、照《て》れちゃって。そういう真面目なところが良いわねえ」

「本当よ。うちの旦那《だんな》なんてデリカシーがなくて……」

村のおばさま達の話がどんどんヒートアップしてくるので、良一はこっそり抜け出して、見回りを再開した。

やがて、村の中心部から少し離れると、木工ギルドの作業員が木を切る音や釘《くぎ》を打つ音が聞こえてくる。

ギオ師匠の工房の前に差しかかると、仕事道具の手入れをしていた兄弟子のファースが声をかけてきた。

「おう、良一。誕生日だってな」

「まだ誕生日になってないけどな。あまりに皆がおめでとうと言うから、今日が誕生日みたいな気分になってきたよ」

何しろ大人だけでなく、モアとそう歳の変わらない子供達まで、口々に領主様誕生日おめでとうと声をかけてくるのだ。

「今朝、トラスの奴が言っていたんだよ。良一の誕生日が近いから、メアちゃんやモアちゃんの準備を手伝っているんだって」

「そうなのか」

「あいつの話じゃ、結構手が込んでるみたいだぞ。何に使うのか知らないが、ハサミやらなんやら、色々道具を持っていったしな」

「当日の楽しみにしておくよ」

「それが良い。領主様の誕生日は盛大に祝った方が村も明るくなるからよ。遠慮なんてせずに楽しめよ」

工房の前でファースと話していると、奥からギオがタバコを吹かしながら歩いてきた。

「おう、良一。来ていたのか」

「お邪魔してます、ギオ師匠」

「ああ、ゆっくりしていけ」

また誕生日の件で何か言われるかと思って良一は身構えていたが、意外にもギオは黙ってタバコを吹かすだけだった。

その様子に若干の違和感を覚えてファースを見ると、彼は口を真一文字に結んで、必死に笑いをこらえていた。

「ファース。なんか変だぞ。事情を知ってるんじゃないか？」

「ギオ師匠は約束しているんだよ」

ギオ師匠が鋭くファースを睨みつける。

「おいファース、余計なことを言うんじゃねえ」

しかし、そんな牽制《けんせい》も虚しく、ファースは簡単に口を割った。

「メアちゃんとモアちゃんがココちゃんと一緒に来て、ギオ師匠に良一の誕生日関連でお願いをしていったんだよ。そこでメアちゃん達に〝良一には秘密〟って念押しされたんだ。良一と話していると口が滑《すべ》るかもしれないから、師匠は黙っているんだよ」

「そうだったんですね。ギオ師匠、ありがとうございます」

「まだ本番を迎えていないぞ。礼なら後まで取っておけ」

これ以上ギオ師匠を困らせてはいけないと思い、良一は工房を後にした。

◆◆◆

誕生日当日までの間は、皆何やら準備があるらしく、食後の団欒《だんらん》はお休みになった。

そうして、誕生日の前日にはキリカも到着した。

使用人や護衛は最小限で、本当にただ遊びに来たといった様子だ。

出迎えの挨拶もそこそこに、モアが誕生日のためと称してキリカを連れていってしまった。

仕方なく、良一はキリカについてきた専属《せんぞく》メイドのアリーナ達を、村にできた公爵家の別邸に案内した。

地上一階建てで、貴族の邸宅というにはこじんまりとしているが、地下室もあるので部屋数は見た目以上にある。また、上下水道や電気も完備《かんび》しているので、良一は施設の使い方の説明もした。

「とても便利ですね。これは移住希望者が殺到《さっとう》するのも頷けます」

アリーナはボタン一つで点灯《てんとう》する照明や、水道設備にいたく感心した様子だ。

「わからないことがあれば聞いてください」

案内を終えた良一が領主館に戻ると、スロントが玄関で待っていた。

「どうしたんだ、スロント」

「お戻りですか、殿。実はですな……」

どうやらメアとモアが領主館を誕生日仕様に飾《かざ》り付けするらしく、良一には当日に見て驚いてほしいから、今日は村の宿屋――森《もり》の泉亭《いずみてい》に宿泊してもらいたいのだという。

「だいぶ大がかりだな」

自分が想像していた誕生日会よりもはるかに規模が大きくなっていることに、良一は少し困惑を覚える。

「それだけメア嬢もモア嬢も張り切っているのでござる」

「そっか……じゃあ、そうするよ。そうしたら今日の分の書類があれば取ってきてくれるかな」

「急ぎの書類はないでござるから、明日に備えてゆっくりと休んでくだされ」

スロントはそう言って中に入っていき、良一は一人ぽつんと取り残された。

「さて、この後どうするかな……」

休みの日でもないのに急に時間ができても、一人だと何をしていいのかわからない。

今まで休日はいつも誰かと一緒に過ごしていたんだな……と、良一は改めて実感した。

日はまだ高いが、することもないので、森の泉亭へと向かう。

「いらっしゃいませ、領主様」

森の泉亭では、主人が良一を温かく迎えた。

「一晩お邪魔します」

「大変そうですね」

「でも、嬉しさや楽しみの方が大きいんで」

「確かに。家族に祝ってもらえると嬉しいものです。ところで、マリーはご迷惑をおかけしていないですか？」

森の泉亭の一人娘のマリーは、良一の館で使用人として働いているのだ。

「迷惑だなんて、そんな。とても助かっていますよ。食事の配膳《はいぜん》や部屋の掃除はマリーちゃんがやってくれるんです。宿屋を手伝っていただけあって、手際が良いですね」

「そう言っていただけると安心です。これからも娘をよろしくお願いします」

主人と少し会話をした後、良一は部屋に行ってゆっくり読書をした。そして、翌日の誕生日会に備えて早めに眠りに就いのだった。

◆◆◆

誕生日当日の朝。

宿のベッドで目を覚ました良一が部屋を出ると、廊下にメアとモアが立っていた。

「お誕生日おめでとうございます、良一兄さん」

「お誕生日おめでとう、良一兄ちゃん」

そう言って、モアが後ろに隠していた花束を差し出した。

「ありがとうメア、モア」

花束は白と赤の二種類の花がメインで、アクセントに小さな黄色の花も少し入っている。

「すごく綺麗な花束だな。これは二人が作ってくれたのか？」

「ココ姉ちゃんと一緒に、お花を摘《つ》みに行ったの」

「強くて優しい、良一兄さんをイメージしたんです」

花束をプレゼントされるのは生まれて初めての経験だったが、とても嬉しかった。

「二人ともこんな朝早くから、ありがとうな」

「良一兄さんに一番におめでとうを言いたいって、モアと話していたんです」

「そうなのか」

良一が頭を撫でると、二人とも嬉しそうに目を細めた。

「二人は朝ご飯は食べたのか？」

良一は朝食がまだだったので、一緒に食べようかと提案した。

「まだですけど、領主館でキャリーさんが作ってくれています。だから、早く着替えてください」

「そうか。じゃあ、早速領主館に行かないとな」

急いで身支度《みじたく》を済ませて宿の玄関に向かうと、主人がカウンターに立っていた。

「おはようございます、領主様。誕生日おめでとうございます」

「ありがとうございます。昨日は急におしかけてすみませんでした」

「いいえ、宿屋ですから。いつもと同じくお迎えさせていただいただけです」

代金はあらかじめスロントが払っており、朝食が不要な旨《むね》も伝わっているそうで、主人はそのまま良一達を見送った。

外に出ると、道行く人が口々に良一にお祝いの言葉をかけてきた。

「皆が良一兄ちゃんにおめでとうって言ってるね」

「やっぱり宿に行って良かったね、モア」

メアとモアはそんな様子を満足そうに眺める。

「こんなにたくさんの人に祝ってもらったのは初めてだよ。やっぱり、皆からおめでとうって言われると嬉しいな」

「モアのおめでとうは？」

「もちろん、嬉しかったよ」

そんなことを話しているうちに、領主館に到着した。

メアとモアが一歩先に歩いていき、領主館の扉に手をかける。

「良一兄ちゃん、ちゃんと見てね」

「喜んでもらえたら嬉しいです」

モアとメアがそう言って扉を開けると――

色とりどりの紙や花で飾り付けられた玄関が現れた。

「誕生日おめでとうございます、良一さん」

「おめでとう」

待ち受けていたココとマアロが、良一に笑顔を向けた。

キリカとキャリーも拍手しながら良一を迎える。

「お誕生日おめでとう、良一」

「殿、誕生日おめでとう、良一君」

他にもスロントを筆頭《ひっとう》に、家中の使用人が勢揃いしていた。

「「お誕生日おめでとうございます」」

「ありがとう皆。こんなに朝早くから」

玄関の飾り付けは手作り感に溢れて、メア達の努力が伝わってくる。

「メアとモアはどの辺を飾り付けたんだ？」

「私はマアロさんと、この花の所を作りました」

「モアはね、ここの上についているお星様を、ココ姉ちゃんと作ったの」

得意満面《とくいまんめん》のモア達に説明を受けながら、良一は隅々《すみずみ》まで飾り付けを見ていく。

よく見ると、部分部分で作った人の性格が見て取れる。

メアの飾り付けは細部《さいぶ》まで丁寧《ていねい》に作ってある一方、マアロが作ったものは少し雑で、細部がごまかしてあった。

モアの飾りは少し形が歪《いびつ》だが、元気の良さが表れている。また、ココの飾り付けは寸分のズレもなく、ピシッと均一に作られていた。

「誕生日会を始める前に、お食事の準備ができていますので、食堂にどうぞ」

玄関に姿が見えなかったみっちゃんの声に気づいて、良一は廊下の奥を見る。

すると、そこにはいつものスーツ姿ではなく、メイド服を着てフリルのついたヘッドドレスを身につけたみっちゃんが立っていた。

「お誕生日おめでとうございます、マスター」

「ありがとう。ところで……その格好はどうしたんだ？」

「モア様から思い出に残る誕生日にしたいと要請を受けたので、まずは服装から変えて印象を深めようと思った次第です」

クールビューティーなみっちゃんがフリフリなメイド服を着るとギャップが大きすぎる。

ある意味、みっちゃんの目論見《もくろみ》通りになったとも言えるが。

「似合っているけど、驚いたな」

みっちゃんは後ろ姿も見せようとその場で一回転する。その動きでスカートの裾が少しだけめくれて、良一はドキリとする。

「鼻の下が伸びている」

すかさずマアロからローキックで突っ込みが入った。

「悪い悪い」

メイド姿のみっちゃんの後に続いて食堂に行くと、朝からテーブル一杯に様々な料理が並んでいた。

焼きたてのパンはふんわりと柔らかそうで、瑞々《みずみず》しい野菜サラダやフルーツは彩《いろど》り豊か。目玉焼きやスクランブルエッグといった定番の卵料理、たくさんの種類のソーセージやスモークチキン、魚のソテーなどが湯気《ゆげ》を立てていて、良い香りが漂《ただよ》ってくる。まるでホテルのビュッフェのようだ。

これがパーティー料理だと言われても頷けるレベルだが……みっちゃんの口ぶりではまだお誕生日会の本番ではないらしい。

「随分と豪勢《ごうせい》なんだな」

「まずはこのスープから飲んでほしいわ」

席に着いた良一はキャリーのおすすめに従って、スープの器を手に取り、一口飲む。

コンソメの豊かな風味が口内に広がり、とても美味しい。

塩辛くはなく、野菜や肉の旨味《うまみ》が感じられる、繊細《せんさい》で落ち着く味わいだった。

「このスープはね、良一君が持っていたスープの素は使わずに、一から作ったのよ」

「コンソメを最初から作ったんですか⁉　それはすごい。とても美味しいですよ、キャリーさん」

驚く良一に、キャリーはパチンとウィンクをして応える。

「丸一日、よーく煮込《にこ》んだもの」

「そんなに手間をかけてくれたんですね」

良一はもう一度スープを口に含んでよく味わう。

「料理長のランド君も手伝ってくれたし、メアちゃんやモアちゃんも出汁《だし》に使う野菜の皮《かわ》剥《む》きをしてくれたのよ」

「ランドもメアもモアもありがとう。本当に美味しいよ」

「私もここまで手の込んだスープを作ったのは初めてです。長時間煮込むことでこれほどの旨味が出せるとは、私も勉強になりました」

料理長のランドがそう言って頭を下げる。

「さあ、皆も一緒に食べよう。こんな美味しい朝食を一人で食べるなんて、もったいなさすぎるよ」

席に着かずに良一の周りで見守っていたメア達に、食事を促す。

「お代わりは一杯あるわよ」

スープだけでなく、他の料理も全て良一の好みに合わせて、出汁やスパイスの効いた味付けになっていた。

そうして皆で美味しい料理に舌鼓《したつづみ》をうち、大満足の朝食が終わった。

食後にお茶を一服してから、良一達は談話室に移動した。

談話室も壁や扉に誕生日の飾り付けがなされており、これからここで歓待を受けるようだ。

「では、本日のお誕生日会の進行は私――みっちゃんが務めさせていただきます」

みっちゃんがマイクで宣言し、いよいよ良一のお誕生日会が始まった。

「最初は、マアロ様からの誕生祝いの祝福です」

みっちゃんに促されて、マアロが立ち上がる。

いつもと同じ神官の服装だが、指先には水の属性神ウンディーレに授かった『清水《せいすい》の神輪《しんわ》』が輝いていた。

咳払《せきばら》いをして声の調子を確かめてから、マアロが良一に手をかざす。

何やら厳粛《げんしゅく》な雰囲気で、良一も膝をついた方がいいのかと思って動こうとするが、マアロに手で制止される。

彼女はこの後することを簡単に説明した。

「これから行なうのは、生まれたばかりの赤ちゃんに授ける祝福の祝詞」

これは神殿で行なわれている儀式の一種で、神様にこれからの安らかな生活を祈願《きがん》し、無病息災《むびょうそくさい》を願う意味があるそうだ。

本来なら生まれたばかりの赤ちゃんがこの祝福を受けることが多いのだが、誕生日に毎年行なってもおかしくはないらしい。

当然、地球からの転移者である良一はこの儀式を受けてはいない。そこでマアロは彼のために祝詞を上げようと思ったのだ。

「では、始める」

祝詞はマアロが仕える水の属性神ウンディーレだけに捧《ささ》げるというわけではなく、三主神をはじめ、多くの神々に捧げるものだった。

これには、赤ちゃんに数多《あまた》の可能性の中から、自分で選んだ道を進んでほしいという願いが込められているそうだ。

本気モードのマアロは一言も噛むことなく、長い祝詞を上げきった。

「――汝の幸運と成功を祈る」

最後の言葉が終わり、マアロは肩の力を抜いた。

「略式《りゃくしき》ではなく、正式な祝詞。祈願もきっと届くはず」

「ありがとうな、マアロ。これからも頼りにしているよ」

良一はマアロの気持ちに感謝し、お礼を言った。

その時――

「マアロさんの祝詞は主神にもしっかり届いておりますよ」

懐かしい声が響いた直後、温かな光とともに、白い衣に身を包んだ五十代くらいの男性が現れた。

主神の使いである神白ことミカエリアスだ。彼の素性《すじょう》を知る者達は、即座に居住《いず》まいを正《ただ》す。

帝国に行ったメンバーは神白を見るのは初めてではなかったが、スロントやポタル、他の使用人達は突如現れた男性に驚いてヒソヒソと話し合う。

小声で神白のことを説明すると、ますます驚いて腰を抜かしそうになるが、主神の使いの前で粗相《そそう》はいけないと、なんとか取り繕《つくろ》う。

「皆さん、どうぞ楽な姿勢で。本日は石川さんのお誕生日ですから」

そう言って、神白は良一に向き直る。

「お誕生日おめでとうございます、石川さん」

「神白さん、わざわざありがとうございます」

良一は深々と頭を下げた。

「石川さんには随分とご迷惑をおかけしてしまいましたが、これからの幸福を祈らせていただきます」

「迷惑だなんて、そんな。そもそも神白さんに誘われなかったら、メアやモア達とも会えていませんでしたから」

「そうですか。本日は主神から手紙を預かってきました。どうぞお読みください」

神白は良一に手紙を渡した。

「ありがとうございます」

「それでは、皆さんの幸福も祈っています」

そう言い残すと、神白は来た時と同じようにすっと消えていった。

良一は主神からの手紙は胸ポケットに収めて、後でじっくりと読むことにした。

周囲の動揺が収まった頃合いを見て、みっちゃんが次の出し物の紹介をする。

「続きまして、ココさんによる横笛《よこぶえ》の演奏《えんそう》です」

皆の視線が集まる中、ココが一歩進み出て、部屋の奥に設置された小さな舞台に上がる。

「恥ずかしながら、一曲演奏させていただきます」

ココは準備していた横笛と一枚の白い布を取り出した。

向こう側が透《す》けて見えそうなほどに薄いその布を頭から被って、肩や腰まで覆《おお》う。

「ココに横笛は似合いそうだね」

ココは良一の言葉にはにかみながら応える。

「本来ならば正式な衣装《いしょう》があるのですが、準備ができなくて……頭に被る被衣《かずき》と呼ばれるものだけ用意しました」

純白《じゅんぱく》の布に包まれたココは、神秘的な美しさがある。

メア達もすっかり魅《み》せられて、椅子に座って集中する。

みっちゃんが談話室の照明を調節し、部屋全体を薄暗くしてココにスポットライトを当てた。

舞台の効果でさらにココの魅力が高まる。

「では、心を込めて」

ココはそう言うと、横笛に息を吹き込む。

木製の横笛特有の甲高く澄《す》んだ音が響いた。

ココは長い息でゆっくりと音階《おんかい》を変えながら、どこか郷愁《きょうしゅう》を誘う旋律《せんりつ》を奏《かな》でる。

目を閉じてその音色に身を任せると、そのまま夢に引き込まれるかのような心地よさがあり、リラックスして体の力が抜けていく。

皆がうっとりと聞《き》き惚《ほ》れる中、ココは続けて二曲演奏した。

演奏が終わると、談話室にいた全員が大きな拍手を送る。

「素晴らしい演奏だったよ、ココ！　何故かすごく懐かしい気持ちになった」

「良一さん、楽しんでもらえたなら嬉しいです」

「ココ姉ちゃん、綺麗だった」

「神秘的だった」

モアとマアロに絶賛《ぜっさん》され、ココは恥ずかしそうに舞台を下りた。

この横笛は父親から教わったものだそうで、武家の嗜みとして小さい頃に吹いていたそうだ。

　ココと同じココノツ諸島出身のスロントも曲自体は聞いたことがあり、大名家《だいみょうけ》お抱えの演奏者にも劣らぬ腕前だと太鼓判《たいこばん》を押した。

　マアロとココの出し物が終わり、次の準備が整うまで少しの間小休止を挟んだ。

　しばし皆で感想を言い合っていると、談話室の扉がノックされた。

　それを合図に、再びみっちゃんがマイクを手に取る。

「準備が整いましたので、次に移りたいと思います」

　部屋に集まった者達は、みっちゃんの言葉に耳を傾ける。

「続いては、木工ギルド所属のギオ様にお越しいただきました」

　みっちゃんの紹介で扉が開き、ギオが何かを後ろ手に隠しながら入ってきた。

「誕生日おめでとう、良一」

「ありがとうございます、ギオ師匠」

　ギオは両手を後ろに隠したまま、言葉を続ける。

「あいにく、俺にはこの木工の腕だけしかないからな、気の利《き》いた文句が思いつかなくてよ」

　ギオは照れくさそうにそう言って、手に持っていた箱を差し出す。

　それは装飾《そうしょく》が施された美しい木箱だった。側面には鍵穴《かぎあな》が付いており、セキュリティも考えてあるようだ。

何より目を引くのは蓋に刻まれた絵。

「もしかして、この彫《ほ》られている絵の下描《したが》きは、モアが描いたのか？」

「モアだけじゃなくて、メア姉ちゃんとマアロちゃんも一緒に描いたの」

真ん中にある良一の似顔絵はモアが描いたもので、その周りを彩る花などの模様はメアとマアロが描いたようだ。

「手紙を入れておく箱ならあっても邪魔にならないだろうと思ってな。下絵を描いてもらって、それをもとに彫ってみたんだ」

「大切に使います」

「おう。箱自体も良い木材だから、丈夫だぞ」

ギオが良一に秘密にしていたのはこれだったようだ。その心意気は素直に嬉しい。

ギオはプレゼントを渡し終わると、また今度一緒に飲もうと言い残して、工房へと帰っていった。

そうこうしているうちに、昼食の時間になった。

みっちゃんは時間を見て、メアやココと相談を始める。

「少し早いですが、昼食の準備に入りたいと思います。皆様裏庭に移動してください」

全員が談話室から出て、みっちゃんの案内で領主館の裏庭へと向かう。

庭にはバーベキューの用意がされていた。

コンロには火がついた炭が敷き詰められており、焼く準備は整っている。

「お昼はバーベキューです。皆さんでお好きな串を焼いてお楽しみください」

料理長のランドは肉や野菜の下拵《したごしら》えを終わらせており、早速焼き網《あみ》に串を並べていく。

炭火で焼かれた肉や野菜の香ばしい匂いが庭に広がる。

朝ご飯を食べた後、大して動いていないのに、この匂いを嗅ぐと空腹《くうふく》が刺激されて腹の音が鳴りはじめた。

「良一兄ちゃんの串を焼いてあげる」

「私も焼きます」

モアとメアが競い合うように、良一の串を焼く。

二人は肉の焼き加減をよく見ながら時々ひっくり返し、表面が良い感じに焦《こ》げたところを見計らって、皿に載せて良一に渡した。

熱々の肉を頬張ると、炭火焼き特有の香ばしさを感じる。閉じ込められた肉汁が溢れ出し、甘辛いバーベキューソースに負けない旨味を主張する。

「うん、美味しい。焼き加減もちょうど良いね」

「もっと焼くから、一杯食べて！」

「良一兄さん、次はどの串がいいですか？」

「俺の分ばかりじゃなくて、メアとモアも食べなよ。マアロみたいに」

良一の視線の先では、なんだかやり遂げた感があるマアロが、両手に肉系と魚介《ぎょかい》系の串を持って交互に食べている。

口にはバーベキューソースがついているが、その食いっぷりは見ていて気持ちがいい。

「この肉串は柔らかくて美味しい」

マアロは口に食べ物を詰めたまま良一達に肉を勧《すす》める。

「じゃあ、メアとモアで俺に肉串を焼いてくれるかな？　代わりに俺が二人の分を焼くからさ。二人は何が食べたい？」

「モアはお肉！」

「私は海老《えび》が食べたいです」

青空の下で食べるバーベキューは皆を開放的な気分にして、自然と会話も弾む。

自分で焼くのが楽しくてついつい食べすぎてしまい、焼きリンゴなどのデザートを食べ終えた頃には、皆腹が一杯になっていた。

満腹感に加えて、朝から張り切っていた疲れもあるのか、メアとモアは少し眠そうだ。

そんな二人の様子を見て、良一はみっちゃんに耳打ちする。

「みっちゃん、詳細な内容は言わなくていいけど、あとどれくらいの催《もよお》し物《もの》があるんだ？」

「キリカさんとスロントさんの出し物があります」

「そうか。朝から張り切っていたせいで、メアとモアが少し疲れているみたいだから、休憩というか、昼寝の時間を設けられないかな？　眠いのを我慢《がまん》するよりも、スッキリ目が覚めていた方が、イベントを楽しめるだろ？」

「かしこまりました。時間の融通《ゆうずう》は利きますので、一度スケジュールを組み直します。スロントさんにも伝えて調整いたします」

「頼むよ」

良一の提案を受け、みっちゃんがスロントに相談しに行く。

メア達に無理をさせないように気を利かせたスロントは、急な用件と称して良一を呼び出し、二時間の休憩時間を作った。

ココやキリカは言わずとも良一の考えを察したのか、メアとモアに少し昼寝をするように促した。

良一は集まった皆に詫《わ》びながら、スロントと執務室に向かう。

「悪いな、スロント。嫌な役をさせてしまって」

「どうぞ気になさらず。皆察しておりますよ。それに、殿のメア嬢とモア嬢に対する想いの深さは理解しておりますから」

しばらく執務室にこもって、スロントに今日の誕生日会の準備の話を聞く。

出し物や飾り付けの案はメアとモアが一生懸命考え、仲間や使用人、ギオを含む村人達にも頭を下げてお願いして回ったそうだ。

「殿は幸せ者でござるな」

「本当に幸せ者だよ。これからもこんな生活が続くように頑張らないと」

「最近は領主の仕事もご多忙で、メア嬢やモア嬢と遊ぶ時間が少なくなりましたからな」

「そうだな。夜は毎日話しているけど、日中思いっきり一緒に遊ぶことは少なくなったかもしれないな」

「某《それがし》も協力いたしますから、今度時間を作ってお二人とピクニックにでも行ってみたらどうでござるか?」

「確かに、それはいいかもしれないな」

取り留めもない話をしているうちに時間は過ぎ、メイド姿のみっちゃんが、メアとモアの昼寝が終わったと知らせに来た。

「さて……某も準備があるので、これにて失礼。殿はキリカ嬢の催し物を楽しんでくだされ」

途中でスロントと別れて、良一はみっちゃんと談話室に入る。

昼寝をして眠気も取れたのか、メアとモアの目はパッチリしていて、すっかり元気が戻ったようだ。

みっちゃんが音頭を取り、誕生日会の催し物を再開する。

「では、皆さん揃いましたので、再開いたします。続いては、キリカさんの催し物です」

みっちゃんの紹介で、キリカが前に出る。

良一は椅子に座りながら、彼女が何をしてくれるのか想像する。

「モアから良一の誕生日会の催し物の話を聞いて考えたのだけれど、公爵の娘ではなく、友人の一人としてできることは、これしかなかったわ」

そう言うとキリカは、懐から小さな白い玉を取り出した。

次の瞬間、動きやすい平服だったキリカの服装が、きらびやかなエメラルドグリーンのドレスへと変わった。

以前良一達が遺跡で見つけた『形状記憶型可変収縮服《けいじょうきおくがたかへんしゅうしゅくふく》』と呼ばれる魔道具で、身につけている服装を一瞬で別のものに変更できる優れ物である。

みっちゃんに預けていた物を借りて使用したようだ。

キリカは優雅な足取りで良一の正面に来て手を差し出す。

「一緒に踊っていただけるかしら」

「それは社交ダンスということ？」

「ええ。帝国では何度も舞踏会《ぶとうかい》があって色んな人と踊ったけれど、良一と踊った時が一番楽しかったから」

そう言われると、良一も悪い気はしない。

ひとつ付き合ってみるかと考えて、同じく『形状記憶型可変収縮服』を使ってタキシードに着替える。

「場所はここでいいのか？」

「ええ。伴奏曲《ばんそうきょく》はみっちゃんにお願いしたわ」

キリカがそう言うと、集まった皆が壁際に下がり、二人が踊れるようにスペースを作った。

また、みっちゃんはいつの間にかバイオリンを手にしていて、背後では小型魔導機がピアノなどを準備している。

「今日の曲は全部、私が考えたアレンジなの。一曲一曲を短めにしているから、気軽に踊れるはずよ。気に入ってもらえると嬉しいわ。みっちゃん、お願いね」

キリカの合図で、談話室の中に楽しげな音楽が鳴り響く。

初めて聞く曲ではあるが、周囲にいるのは見知った人ばかりで、失敗しても恥ずかしくはない。

明るく楽しい曲調《きょくちょう》なので、少しばかり失敗しても良いアクセントになる。

ダンスの腕はそれほどとはいえ、帝国での経験で少しは場慣れしている良一は、キリカの動きに合わせて、なんとか二曲踊りきった。

「じゃあ、次はメアね」

「メア？」

最後にお辞儀《じぎ》をしたキリカに言われて周囲を見ると、いつの間にかメアやモアをはじめ、女性陣がドレス姿に変わっていた。

「モアはともかく、メアはもう充分社交界に出ても良い年頃よ。デビューする前に、良一が踊ってあげたら？」

どうやらキリカはかねてからメアやモアに社交ダンスのイロハを教えていたようだ。

「じゃあ、メア。良い機会だし踊ろうか」

「はい、よろしくお願いしましゅ――」

緊張しているのかメアは噛んでしまったが、良一は彼女の手を取って優しくエスコートする。

良一も場数は少し踏んでいるとはいえ、自分のことで精一杯で、初心者をリードできるほどではない。メアのレベルに合わせて簡単なステップだけを踏んで、時々クルッと一回転するだけにとどめた。

メアはあれもこれもと考えてしまうらしく、良一の足を踏みそうになったり足がもつれて転びそうになったりするが、その度に良一は体を支えて補助する。

一曲目で動きに慣れたのか、二曲目ではメアも少しは楽しむ余裕が生まれた。彼女は踊りながら良一に話しかける。

「これで、目標が一つ叶いました」

「ドレスを着てダンスをすることか？」

「大好きな良一兄さんと踊ることです！」

「そうか。楽しんでくれたなら、俺も嬉しいよ」

笑顔のメアと三曲踊り、次はモアと交替する。

一曲一曲が短いおかげで、良一の体力もまだまだ大丈夫だ。

「良一兄ちゃん、クルクルってして」

「よし任せろ！」

さすがにモアは少し遊び気分なので、互いの手を握って回転したり、モアの腰のあたりを持ってジャンプさせたりと、アグレッシブな動きを楽しんだ。

続いてマアロやココとも一曲ずつ踊り、最後に登場したのが……

まさかのキャリーだった。

「私も少し、ダンスを披露《ひろう》しちゃおうかしら。良一君、お付き合い願える？」

良一は一瞬躊躇したものの、周りはやんややんやの大盛り上がり。引くに引けない空気になってしまった。

「お、お手柔らかにお願いします」

背が低いモアやキリカと踊るのには慣れていた良一だったが、自分より大きなキャリーと並ぶと違和感が凄い。

しかし、キャリーは女性側の踊りを完璧にマスターしており、良一がリードされるほどだった。

「良一君の踊り、情熱的だったわ」

「あ、ありがとうございます」

こうして良一は皆とダンスを踊りきった。

連続で踊るとさすがに少しだけ疲れたが、メアやモアも満足そうなので、キリカの催し物は成功だったと言えよう。

みっちゃんが楽器の片付けをしている間は、皆で茶を飲んで休憩した。

再び舞台の準備が整い、事前に聞いていた通り、スロントの番になった。

「続きまして、スロントさんの催し物です」

みっちゃんの案内を受け、扉を開けてスロントが入ってくる。

いつも着ている黒い着物ではなく、今日は白と青の紋付《もんつ》き袴《はかま》に身を包んでいた。体格が良い彼にはよく似合っている。

「殿、本日は誕生日、まことにおめでとうございます」

「ありがとう」

「某も蕪雑《ぶざつ》ではございますが、旅で身につけた宴会芸を披露させていただきたく」

そう言ってスロントが取り出したのは、三つの独楽《こま》だった。

談話室の床は絨毯貼りで独楽回しには適さなかったが、すかさずみっちゃんが薄い板を敷いて場を整える。

「では皆様、しかとご覧《ろう》じろ」

そう見栄《みえ》を切ったスロントは、板の上で三個の独楽を一気に回しはじめる。

彼が足で板に振動を与えると、独楽が飛び上がったり、円を描いて動いたりと、変幻自《へんげんじ》在《ざい》の動きを見せる。

それから様々な独楽を取り出して、大きな独楽の上に重ねて小さな独楽を回したり、抜いた刀の刀身《とうしん》の上に独楽を渡したりと、観客を飽きさせない。

メアやモアもその鮮やかな独楽捌《こまさば》きに目を見張っている。

見事な独楽の曲芸を披露してスロントが頭を下げると、全員が惜しみない拍手をした。

「素晴らしかったよ、スロント。元々多才だと思っていたけど、また新たな一面が見られたな」

良一に褒められ、スロントも会心の笑みを浮かべる。

「殿のお褒めの言葉、まことに恐悦至極《きょうえつしごく》」

芝居《しばい》がかった大仰《おおぎょう》なセリフでもうひと笑い起こして、スロントの催し物は終わった。

「某も最初は、この鍛え抜かれた腹を使った腹踊りを考えていたのでござるが、ココ嬢に止められましてな」

「スロントの腹踊りか。それはそれで凄く面白そうだな」

「まあ、今はメア嬢にモア嬢、公爵令嬢のキリカ嬢もいる場ですし。いずれ酒の席で披露させていただきましょう」

「楽しみにしているよ」

こうして、朝から始まった良一の誕生日会もついに終盤《しゅうばん》を迎える。

もう各人の出し物は終わっていたのだが、皆の熱演に触発《しょくはつ》されたモアが、自分も歌を歌うと言い出して、それを皆で聞くことになった。

モアはお祝い事の際によく歌われる有名な曲をアカペラで歌いはじめる。

すぐに気を利かせたみっちゃんがウクレレのような弦楽器《げんがっき》で伴奏をつけ、やがてメアやココ、マアロと、どんどん歌に参加して、最後は皆で大合唱になった。

「あー、楽しかった！　一杯歌ったらお腹が減っちゃった」

「上手だったぞ、モア。そうだな、もう暗くなったし、そろそろご飯にしようか」

当然、良一達が楽しんでいる間、ランドが腕によりをかけて夕食を用意していた。

「それでは皆様、食堂に移動しましょう」

朝食、昼食と豪華な料理が続いたが、夕食はハンバーグやクリームシチューなど、良一がレシピを伝えた地球の料理を再現したものが中心だった。

どこか家庭的な〝ご馳走〟に、良一はなんだか懐かしい気持ちになる。

さらに、食後にはホールのショートケーキが登場した。

ケーキ自体が高級品なこの世界では、誕生日にケーキを食べる習慣はない。しかし、メアとモアは良一が二人の誕生日の際にケーキを用意したのを覚えていたらしい。

白い生クリームが塗《ぬ》られたケーキはイチゴをはじめ様々なフルーツで彩られており、見た目にも鮮やかだ。土台部分はみっちゃんの作だが、フルーツの飾り付けはメア達も手伝ったようだ。

「良一兄ちゃん、あーん」

モアはケーキを刺した自分のフォークを良一の口元に近づける。

「あーん」

少し恥ずかしいが、モアの笑顔を見ると断れないので、良一は素直に応じた。

「美味しいよ、モア」

「良かった！」

食後は、皆で談話室に行ってお話をすることになった。このところ誕生日会の準備でバタバタしていたので、一週間ぶりである。

「今日は誕生日会を開いてくれてありがとうな」

「楽しんでもらえましたか、良一兄さん？」

「今までの人生で一番楽しい誕生日会だったよ」

「それなら、私達も嬉しいです」

良一の言葉を聞いて安心したのか、メアはほっと大きく息を吐いて肩の力を抜いた。

そんな中、モアが両手大の箱を抱えてやってきた。

「良一兄ちゃん、最後にプレゼント」

「プレゼントなら、朝花束をもらって、ギオ師匠からも手紙箱をもらったけど」

「まだあるんだよ！　ね、お姉ちゃん」

モアはメアと顔を見合わせてから、抱えていた箱を差し出した。

「開けてみてもいいかな？」

「「どうぞ」」

箱はカラフルな包装紙《ほうそうし》で包まれており、明らかにこの世界で一般的に流通しているものではないのがわかる。どうやらみっちゃんにラッピングをお願いしたらしい。

包装紙を破《やぶ》かないように丁寧にシールを剥《は》がして、ゆっくりと開封《かいふう》する。

「これは、ゴーグルか」

中に入っていたのは、真鍮《しんちゅう》と革でできた渋いデザインのゴーグルだった。

「そう。良一兄ちゃんはよく首からぶら下げているから」

「傷も付いていたので、新しいものにしても良いかなって思ったんです」

モアとメアが理由を説明した。

「じゃあ、早速つけてみるか」

良一はゴーグルのバンドを緩めて装着する。サイズはあつらえたようにピッタリで、つけ心地は実に快適だ。

「こんなゴーグル、イーアス村じゃあ売ってないだろうに。よく手に入ったな」

この世界ではガラス製品は希少《きしょう》なので、扱っている店は少ない。

「キリカちゃんにお願いして、公都で買ってきてもらったの。お金は皆で出し合ったんだよ」

どうやら以前、メア達が観光していた際に目星をつけていたようだ。

「そうなのか、キリカちゃんもありがとうな」

「構わないわ」

こうして、一日がかりの誕生日会は幕を閉じたのだった。

一旦《いったん》お開きになり、メアとモアはさすがに疲れが溜まっているのか、すぐに就寝《しゅうしん》した。

キリカも今回は長逗留しないで明日には公都グレヴァールに帰る予定とのことで、早めに部屋に戻った。

談話室には大人組だけが残り、まったりした時間が流れていく。

普段ならば良一達もメア達に合わせて寝るのだが、今日は皆で酒を飲んで少しだけ夜更《よふ》かすることにした。

少し上等な酒をグラスに注ぎ、楽しく飲みながら会話を続ける。

「ココ、マアロ、キャリーさん、スロントもみっちゃんもありがとう」

良一は改めて、皆にお礼を言った。

「お礼なんていいのよ。それに、良一君のありがとうは、今日だけでも何度も聞いたわね」

「良一が主役」

キャリーとマアロがかぶりを振る。

「色々想像したけど、想像以上のことばかりだったからさ」

「そうね色々な出し物があったけれど、スロントの腹踊りは、メアちゃんとモアちゃんにはちょっと早いわよねえ？」

キャリーがそう言うと、ココやマアロも頷いた。

「えっ、それはやらなかっただろう？　皆は見たことあるのか？」

「良一君はいなかったわね」

「あれは凄い」

「私の中のスロントのイメージが覆《くつがえ》りました」

マアロとココの口ぶりからすると、彼女達はスロントの腹踊りを見たようだ。

メア達が催し物を考えていた際に、スロントも自分の出し物として提案していたらしく、キャリー達が実際に見て吟味《ぎんみ》したそうなのだが……

「なんだよ、皆が見たんなら、俺も見たいな」

「殿がそこまで言うなら、準備をいたしますぞ」

酒を飲んで気分が良いのか、スロントは上機嫌で談話室を出て準備に向かった。

「じゃあ、私はそろそろ寝ますね」

どういうわけか、ココはそそくさと抜けようとするが、マアロが裾を掴んでこれを阻止《そし》する。

良一は事情がわからず、キャリーに小声で尋ねる。

「ココはどうしたんですか？」

「ココちゃんはね、腹踊りがツボに入っちゃって、息ができないほどに笑い転げたのよ」

「マアロ、後生《ごしょう》です、放してください」

「良一もココと一緒に見たいはず」

マアロが良一をダシに使って引き留める。

そんなやり取りをしているうちに、準備を終えたスロントが颯爽《さっそう》と戻ってきた。

スロントの顔を見て諦めがついたのか、ココはおとなしく椅子に座ったものの、ギュッと拳を握りしめて深呼吸を繰り返している。

独楽を披露した時と同じ紋付き袴の格好でやってきたスロントが、談話室の微妙な空気を察知して尋ねる。

「殿、何かあったでござるか？」

「いや。ココ、本当に大丈夫なのか？」

良一も無理強《むりじ》いはできないのでココに確認したが、彼女は覚悟を決めた様子で頷いたので、それ以上は聞かなかった。

「ではでは、某の故郷で受け継がれる伝統の腹踊りを、見てくだされ」

どうやら、腹踊りには太鼓の伴奏が必要なようで、みっちゃんがバチを構えた。

〝はぁ～〟とこぶしを効かせた掛け声とともに、リズミカルに太鼓を鳴らしはじめる。

彼女はメイド服からいつものスーツに着替えていたが、それでもビジュアル的なアンバランスさがあり、踊りが始まる前から笑いを誘う。

一度見ているマアロやキャリーはあらかじめグラスを置いて、笑って酒をこぼさないように構えていた。

ココも目を瞑っているわけにはいかず、チラチラと視線を向ける。

「よいしょ、よいしょ」

太鼓の音に合わせて、スロントがコミカルなステップを踏む。

掛け声に合わせて、足から腰、腕から指先まで使って大胆《だいたん》かつ繊細な動きを表現する。

どんどん場が温まって、誰かが思い出し笑いをしてプッと噴き出すが、肝心《かんじん》の腹踊りはまだ始まらない。

良一は興味深く見守った。

「さあさあさあ、さあさあさあ」

太鼓のリズムも少しずつ速くなり、ダダダダダッと高速の連打があった次の瞬間——スロントが上半身の着物をバッと捲《まく》って、その上半身を露わにした。

いよいよ腹踊りの始まりだ。

良一の知っている腹踊りは、弛《ゆる》んだ腹に顔を描いてクネクネ踊るものだが、スロントの腹は見事なまでに割れている。

その鍛えられた腹筋や胸筋《きょうきん》の盛り上がりの上に目や口が描かれていて、スロントが力を入れる度にピクピクとおかしな動きをする。その姿がいつもの真面目なスロントのイメージとは百八十度違っていて、良一もたまらず噴き出した。

「あはははは」

「ふふふっ」

皆の笑い声を聞いてますますやる気が出たのか、スロントの動きはキレが良くなり、よりダイナミックに踊りはじめる。

「まだまだ、いきますぞー！」

クッションに顔を押しつけて必死に我慢していたココもついに限界を迎え、声を上げて笑い出す。

「あはは！　スロント、も、もうやめてください！　く、苦しいです！」

「それそれそれ！　それそれそれ！　よいしょー‼」

スロントの掛け声に合わせてみっちゃんの太鼓の音がドドンと響き、最後は大胆なキメポーズで幕を閉じた。

「殿～！　いかがですかな～？」

得意満面のスロントに、良一は涙を拭《ぬぐ》いながら応える。

「最高だよ、スロント」

「それは良かったでござる！」

「俺は今日という日を絶対に忘れないよ」

こうして、良一にとって誕生日は忘れられない一日になった。

◆◆◆

翌朝、良一達はキリカに〝夜はもう少し静かに〟と注意され、すっかり大人としての立場を失う羽目になった。

「どうやら調子に乗って騒ぎすぎてしまったでござるな」

公都グレヴァールに帰るキリカの見送りを終えたスロントがうなだれた。

昨日ノリノリで腹踊りをした彼とは全く別人と言える姿に、良一はまたしても笑いそうになるのを必死にこらえる。

「さて、殿、今日からバリバリと働いてもらいますぞ」

「わかってる。じゃんじゃん仕事を持ってきてくれ」

執務室に戻った良一は、書類仕事に手をつける前に神白から渡された主神ゼヴォスの手紙を読むことにした。


——石川良一君、誕生日おめでとう。

私の与えた神殿巡りの課題を順調にこなしてくれて、嬉しく思う。

勇者としてこの世界に呼んだわけではなかったのに、君には邪神の件に巻き込んでしまい、申し訳なかった。

彼奴《きゃつ》には厳《きび》しい罰を与えておいたから、しばらくは大人《おとな》しくしているはずだ。しかし、悪知恵が働く奴だ、油断はできん。

剣聖ボウスが神降ろしについて言っておったな。しかしその道は険しい。心してかかるように。

もし神降ろしについて知りたいのであれば、神の塔《とう》の守《も》り人《びと》を訪ねるといい。機会はいずれ、向こうから来るだろう。

これからも幸福に生きられるように、祝福を与える。

手紙の内容は短いが、とても濃《こ》いものだった。

何度か繰り返し読んで、心の中で主神に感謝を告げてから、ギオにもらった手紙箱に納める。

機会は向こうから来ると助言にあったので、良一はそれを信じ、何があっても対処できるように、今一度気を引き締めたのだった。

三章　愛の直接対決、三本勝負！

誕生日会の興奮も落ち着いたある日、モアがスロントとともに良一の執務室にやって来た。

「どうした、モア？」

「良一兄ちゃん、獣人の商人さんがたくさん来たよ」

「ココノツ諸島の商人団のようですな」

モアの言葉をスロントが補足した。

モアは木の枝に刺さった飴玉《あめだま》を手にしていて、美味しそうに舐《な》めている。

「珍しい飴だね、モア」

「んふふ〜、おこづかいで買ったの」

「自分で買い物できるなんて、モアは立派だなあ。ところで、スロント、メラサル島の商隊ならともかく、どうしてわざわざココノツ諸島から？」

スロントの説明によると、ココノツ諸島を構成する島の一つ、イチグウ島にあるココの実家のガベルディアス家が、良一が領主になったことを伝え聞き、主家のマエダ家に話をしたそうだ。

ココノツ諸島の大名としてイチグウ島を治《おさ》めるマエダ家も、メラサル島との交易拡大を図《はか》ろうと考えていたところで、島の特産物を携えた商人団を派遣《はけん》したのだという。

「それで、商人団の代表が、殿に挨拶をしたいと申しております」

「なら、会ってみようか」

スロントはすぐにお連れすると言って、部屋から出ていった。

その間、良一は通信デバイスでココに連絡を取る。

「もしもし、ココか？　今どこにいるんだ？」

『キャリーさんのお店ですけど、どうしました？』

「今、領主館にイチグウ島から商人団が来ていて、ココの知り合いもいるんじゃないかと思って連絡したんだ」

『そうなんですね。すぐに行きます』

キャリーの店なら領主館からそう遠くないので、すぐに来るだろう。

「それでねそれでね、ココ姉ちゃんみたいなお耳のお兄さんがね……」

モアの話を聞いていると、スロントが呼びに来た。

「殿、準備が整いました。応接間へどうぞ」

「わかった」

良一が席を立つと、モアも当然のようについてくる。

さすがに同席させるのはどうかと思ったが、スロントにも止められなかったので、そのまま一緒に応接間に連れて行くことにした。

挨拶程度なら堅苦《かたくる》しい会談ではないはずだ。

良一が応接間に入ると、ココと同じ黒髪の壮年《そうねん》男性と、良一とそう歳の変わらない金髪の青年が立っていた。

二人は親子らしく、どちらも犬耳で、髪色こそ違えど顔つきはよく似ていた。

「石川男爵、お会いできて光栄です」

年上の男性が最初に挨拶した。

「イチグウ島より参りました、トーベ・モンテスロと申します。マエダ家の御用商会、タケマル商会で副会頭《かいとう》をしております。今後ともよしなに」

「遠い所からようこそ」

良一が返事をすると続いて若い男性が名乗る。

「息子のヨシュア・モンテスロといいます。よろしくお願いいたします」

「石川良一です。こっちは妹のモアです」

「石川モアです。お兄ちゃん、さっきの飴、美味しかったよ」

どうやらモアが舐めていた飴玉は、このヨシュアという青年から買ったらしい。

「気に入っていただけて良かったです」

ヨシュアはそう言って、人好きのする笑みを浮かべる。

「それから、こっちは、家宰のスロントです」

良一の紹介でスロントが一礼する。

「家宰を務めるスロントでござる。トーベ殿、以後お見知りおきを。ヨシュアは久方《ひさかた》ぶりだな」

「お久しぶりです。まさかスロントさんが石川男爵に仕えていらっしゃるとは思いませんでしたよ」

どうやらスロントとヨシュアは顔見知りらしく、親しげに言葉を交わしている。

「えーと、二人は知り合いなんですか？」

「はい。そうです」

良一の問いかけにヨシュアが頷き、スロントが説明を加える。

「某がガベルディアス家の道場でお世話になっていた時に、彼も修業に来ていたのでござるよ」

「確か、僕が八歳ぐらいの時ですよね」

「そうでござるな。某との立ち合いの稽古でタンコブを作って泣きべそをかいていた少年が、立派になったものだ。月日が流れるのは早いでござるな」

ちょうどその時、応接室の扉がノックされた。どうやらココが到着したようだ。

スロントが席を立って招き入れる。

「早かったね、ココ」

「ええ、すぐそこですから……」

良一に笑顔で応えながら応接間に入ってきたココだったが……トーベとヨシュアを見るなり、目を丸くした。

「……えっ」

「ココ⁉　久しぶり！」

驚いて固まるココに、ヨシュアが子犬のように人懐《ひとなつ》っこい笑みを浮かべて近づき、手を取った。

ココも手をぶんぶんと振られながら言葉を発する。

「ヨシュアに、トーベおじさんも！　イチグウ島から来たのはあなた達だったの」

「どうやら、皆さんお知り合いのようですね。立ち話もなんですから、どうぞ座ってください」

良一はソファに腰を下ろし、ココ達から改めて事情を聞く。

「なるほど、お二人はココの親戚《しんせき》だったんですね」

　トーベが説明を続ける。

「はい。ココ嬢の父君、トシアキ殿は私の従兄弟《いとこ》に当たります」

　トーベの母親と、ココの父親の母親——つまりココの父方の祖母が姉妹らしい。

　トーベの息子のヨシュアは、ココの又従兄弟《またいとこ》になるそうだ。

「それにしても、トーベおじさんもヨシュアも久しぶりね」

「ココ嬢も見違えるほど綺麗になられましたな。私が最後に会ったのは、ヨシュアと一緒に道場で剣を振るっていらした頃ですからな」

「そんなに前でしたっけ？」

　ココとトーベが和気藹々《わきあいあい》と思い出話に浸る傍ら、なぜかヨシュアは彼女を食い入るように見つめている。

「ヨシュアも大きくなったわね。前は小さかったのに、今は私よりも背が高くなっちゃって」

　ココに話を振られて、ようやくヨシュアが我に返る。

「——え？　そうだね、一杯鍛錬して、食事もたくさん食べたから！」

「今はトーベおじさんの商会で働いているの？」

「うん！　まだまだ大きな商《あきな》いはさせてもらえないけど、一日でも早く一人前って認めてもらえるように頑張っているんだ！」

久々の再会が嬉しいのか、ヨシュアが少しばかり興奮気味に話しかけるので、ココはその勢いに押されて若干引いている。

モアもヨシュアに圧倒されてポカンと口を開けている。

「こら、ヨシュア。石川男爵の前だ。ココ嬢がいるからといって、砕《くだ》けすぎだぞ」

そんな状況を見て、トーベ副会頭がすかさず息子を窘めた。

注意を受けたヨシュアは、耳を垂らしてシュンとする。

「愚息《ぐそく》が失礼いたしました、石川男爵」

「いえ。久し振りに会ったのなら仕方がないでしょう」

「ご配慮《はいりょ》、痛み入ります」

その後はトーベが中心となって、自分達の商会の説明を始めた。

彼らが所属しているタケマル商会は、初代会頭が立ち上げた頃は、農産物と絹糸を取り扱うだけの小さな商会だった。

そこから実績と信用を積み重ね、マエダ家の御用商会にまで成り上がったのだそうだ。

今でこそ御用商会ということで多種多様《たしゅたよう》な商品を取り扱っているが、やはり農産物と絹糸は他の商会と比べて頭一つ抜きん出ていて、品質には自信があるという。

「我が商会は今までココノツ諸島の内海に重点を置いて商売を行なっておりました。当商会で扱っているのは主に高級品でして、今までは外海向けに回すほどの量が確保できなかったのです」

タケマル商会が扱う色艶《いろつや》や滋味《じみ》に優れた農産物、光沢《こうたく》や手触《てざわ》りが格別の絹糸は、ココノツ諸島では高値《たかね》で取引されており、商会を支える屋台骨《やたいぼね》である。

もちろん、低価格帯の農産物や絹糸も扱っているが、遠方までの出荷は輸送費がかさんで利益が出にくいため、あまり積極的に取り組んでいないのだ。

「しかし、当方の開発部が頑張りまして、生産量が二割ほど上がったのです」

その増えた分を外海向けに商売して、商会のさらなる発展に繋げたいということらしい。

「メラサル島はココノツ諸島からも近いですし、巷《ちまた》で評判の石川男爵の領地がある場所。当商会としても重要視しております」

「そんな、自分なんてまだまだ新米《しんまい》領主ですよ。領地も村一つですし」

「いやいや、ご謙遜《けんそん》めされるな。ガベルディアス家の御家騒動《おいえそうどう》の際に多大な尽力《じんりょく》をいただいた件は聞き及んでおりますぞ」

「恐縮《きょうしゅく》です」

「つきましては、ぜひともイーアス村に我がタケマル商会の支店の出店許可をいただきたく、お願いに参った次第です。我が商会を介してイチグウ島との取引が活発になれば、イーアス村の発展にも繋がることでしょう」

「なるほど。前向きに考えます。しかし私の一存では決めかねるので、少し時間をいただけないでしょうか？」

　良一としては断る理由はないのだが、領主として経験が浅い自分が軽率《けいそつ》な判断を下してはいけないと思い、スロントや村長の意見も聞くために一度返事を保留した。

「かしこまりました。突然押しかけて頼んでいる身ですので、商いをさせていただきながら待つとします。本日は貴重なお時間をいただき、まことにありがとうございました」

　トーベはそう言って立ち上がり、良一の執務室から出ていった。

　ヨシュアも副会頭に続いて立ち上がり、何か言い残したことがあるのか、チラチラとココに視線を送る。

　ココもそれに気づいて、良一に断りを入れてから席を立つ。

　閉まる扉の隙間《すきま》から、ヨシュアの尻尾がブンブンと大きく揺れているのが見えた。

「殿、タケマル商会支店出店を即断しなかったのは、良い判断ですぞ」

　場が落ち着いたところで、スロントが口を開いた。

「スロントやコリアス村長とも相談したかったからね」

「コリアス村長には、夕方にでも相談できるように某が段取りしておきます」

「お願いするよ」

「では、早速」

　すぐに部屋を出ようとするスロントの背中に、良一が躊躇《ためら》いがちに声をかける。

「……あのさ、スロント。別に深い意味はないんだけど、ヨシュアは小さい時から〝あんな感じ〟だったの？」

「はて……某も顔は覚えていたのでござるが、何分昔のことで、記憶が定かではありませぬが……」

スロントは足を止めて、目を閉じて記憶を掘《ほ》り起こす。

「確かに道場で修業をしている際は、いつもココ嬢の後ろに引っ付いて、仲睦《なかむつ》まじくしていたでござるな」

「そうなんだ」

「すっかりお綺麗になられたココ嬢を見て、年頃のヨシュアも舞い上がってしまったのでござろう。某もココ嬢と再会した時は大層驚いたでござる。まあ昔馴染みですし、温かく見守ってあげるのが寛容《かんよう》かと」

「了解」

スロントは助言を残して部屋を出ていった。

そして、執務室に残っているのは良一とモアだけになった。

一息つこうとお茶を淹《い》れる良一の服の裾を、モアがちょんちょんと引っ張る。

「ねえねえ、さっきの犬のお兄ちゃんはココ姉ちゃんのことが好きなの？」

あまりにも直球な質問に、良一は口に含んだ茶を噴き出しそうになる。

「ど……どうかな。まあ、俺もヨシュアはココに好意を抱いているんじゃないかと思うな」

自分で言っておきながら、良一は胸がチクリと痛むのを感じた。

その後少しして、ココは〝今日はヨシュア達と一緒に夕食を取る〟と連絡をしてきた。夕飯までの間は、イーアス村を案内して回るそうだ。

自分が口を出すことではないので、良一はただ〝わかった〟と応えただけだった。しかし、パーティメンバーとして苦楽《くらく》を共にしてきたココが他の男と親しげに話している姿を見るのは、面白いとは言えない。

もやもやした気持ちを抱えたまましばらく執務室で仕事をしていると、突然メアとマアロが勢い良く飛び込んできた。

考え事をしている時にいきなり扉を開けられるのは心臓に悪い。

「おいおい、どうした二人とも、そんなに慌てて」

呆れ笑いを浮かべる良一だったが、二人のただならない様子を見て、表情を引き締める。

全力疾走《ぜんりょくしっそう》をしてきたのか、メアもマアロも肩で息をしていて、呼吸を整えるまで少し時間がかかった。

「コ、ココ、ココ姉さんが――」

「メア？　少し落ち着いて。ココがどうかしたのか？」

慌てすぎて呂律《ろれつ》が回らないメアの代わりに、マアロが答える。

「プロポーズされた」

その言葉で、良一の動きが止まった。

メアはアワアワと手を動かして、追加の説明をする。

「でもでも、ココ姉さんは返事をしませんでした」

「あ、ああ……」

どんな反応をすれば良いかわからず、良一は呆然とそう応えただけだった。

◆◆◆

——時間は少し遡《さかのぼ》り、良一が執務室で仕事をしていた頃。

メアとマアロはキャリーの店で小物の作り方を学んでいた。

ワイワイと楽しげな声が響く作業場に、ココに案内される形でヨシュアがやって来た。

ココは彼を自分の遠縁《とおえん》の親戚で、弟分みたいな人だと紹介し、メアとマアロとキャリーもそれぞれ自己紹介をする。

「ヨシュアといいます。どうぞよろしく」

にこやかに挨拶を返した彼は、しばし雑談をしている中で、キャリーの店に並ぶ可愛い小物に目を留めた。

「これは……！　少し触ってもいいですか？」

キャリーに断りを入れて何点か手に取ると、表情を引き締め、商人の顔で吟味を始めた。

「実に精巧《せいこう》で、可愛らしいですね。しかし、この値段では儲《もう》けが出ないのでは？」

「私の趣味が詰まったお店だから、利益のことは考えていないわ。メアちゃんみたいな可愛らしい女の子が、私の作った小物を身につけて、さらに可愛く笑顔になってくれれば、私はそれでいいのよ」

「なるほど、信念があるのですね。突然のお願いで恐縮ですが、こちらの小物を私が所属するタケマル商会に卸《おろ》していただくことは可能ですか？」

「うーん……素敵な提案だけど、遠慮させてもらうわ。私は自分のお店で、自分の手でお客さんに売りたいの。ごめんなさいね」

「そうですか」

シュンとわかりやすく落ち込むヨシュアを見て、メア達三人とも、全身で感情を表す人なんだな、という印象を抱いた。

肩を落とすヨシュアを見かねて、キャリーがフォローを入れる。

「商品は卸《おろ》せないけど、ココちゃんの親戚ならいつもよりもっとお安くさせてもらうわよ。

ヨシュア君は格好良いんだから、故郷の彼女にでもプレゼントしたら？」

しかし、その一言にヨシュアがビクリと反応した。

「いえいえ、とんでもない！　彼女なんていません！」

しょんぼりしていたのが一転、慌てふためき、ココに必死に弁解《べんかい》する。

「ココ、僕には彼女はいないからね⁉　ね⁉」

「わかりました。ヨシュア、ちょっと落ち着いて」

初対面のキャリーでも、ヨシュアがココに好意を抱いていると理解するのに、数分もかからなかった。

良一とココの微妙な関係を知っているキャリーとしては複雑だが、少なくともこの必死さは、良一にも少しは学んでほしいと思った。

そんな中、ヨシュアは店先に並ぶ小物の一つを手に取った。

青い蝶《ちょう》の形をした布製の髪飾《かみかざ》りで、所々にちりばめられたビーズや金物がアクセントになっていて、とてもエレガントだ。

「これをください」

ヨシュアはそう言ってお金を払う。

「あら、ありがとう。私の自信作よ」

キャリーが袋に入れるかどうか尋ねる間もなく、ヨシュアは買ったばかりの髪飾りをココに差し出した。

「ココと再会できた記念に、これをプレゼントするよ」

「そんな、もらえないわ」

「ココに似合うと思って買ったんだ」

「でも――」

遠慮するココの手を取って、ヨシュアは髪飾りを握らせた。

そして、満面の笑みを浮かべながら〝今つけてみせて〟と、期待のこもった目を向ける。

全身から発せられるお願いのオーラに負けて、ココは自分の頭にアクセサリーをつけた。

「凄く似合っているよ、ココ！」

嬉しさからヨシュアの尻尾はさらに激しく振られ、ココは恥ずかしそうに微笑む。

「ええ、ありがとう」

そんな中、突然、ヨシュアの尻尾の動きがピタリと止まり、ピンッとまっすぐ天に向かって立つ。

尻尾同様に背筋《せすじ》を正したヨシュアは、いきなりココの前で片膝をついて、うやうやしく両手を取った。

「やっぱり、ココは小さい時から変わらずに綺麗なままだ」

「えっと、ありがとう？」

思いがけない行動にココもキャリーも呆気にとられて顔を見合わせる。

しかし、そんな微妙な空気もお構いなしで、ヨシュアの言葉は止まらない。

「道場で一緒に修業をしていた時から――いや、初めて会った時からココが好きだった。今日、ここで再会できたのは、神の思《おぼ》し召《め》しだと思う」

ヨシュアはココの瞳を真正面《ましょうめん》から見つめ――

「……僕と結婚してください！」

唐突《とうとつ》なプロポーズに、場が凍《こお》りついた。

メアは驚きの声を上げそうになるのを慌てて手で押さえて、マアロはガタガタと大きく震え、キャリーも目を丸くする。

しかし、一番驚いているのはココだった。

彼女とて幼少期に共に修業し、同じ時間を過ごしたヨシュアを好ましくは思っていた。

だがそれは恋愛感情などではなく、身内に向ける親愛の気持ちでしかない。

答えに窮《きゅう》するココは、口ごもる。

「えっと、突然のことだから……」

「うん、わかるよ。何年も会っていなかったんだから、驚くのも無理はない。でも、僕の思いは本当だよ。ずっとこの気持ちを抱き続けていたんだ。だから、ここでさよならして、また何年も別々に過ごすなんて考えられない。せめて気持ちだけでも伝えたかったんだ」

ヨシュアの真剣さが痛いほど伝わってきて、ココも軽い気持ちでは返事ができない。

武門の家に生まれ、剣の道一筋で生きてきたココにとって、恋愛は全くの未知のものであった。

道場で年上の先輩に対して憧れの感情を抱いたことはあったが、それも今思えば尊敬《そんけい》の念に近い。当然、今まで誰かと付き合った経験はない。

しかし、良一と共に過ごし、あちこち旅をした中で、彼の優しさや強さを実感し友情以上の感情を抱くようになった。

ようやく、その温かな気持ちが恋なのではないかと思いはじめたばかりだった。

そんな今の彼女には、ヨシュアの純粋でまっすぐな気持ちは重すぎて受け止めきれない。

黙ってしまったココを見かねたキャリーが助け船を出す。

「ヨシュア君、ココちゃんも突然のことですぐには返事ができないでしょうから、少し時間をあげてちょうだい」

ヨシュアはココの両手を握った手にギュッと力を込める。

「良い返事、待っているから」

どこか頼りなかった子供の時とは違い、大人になって凛々しさも増したヨシュアに真剣な眼差しを向けられると、何故か頬が紅潮《こうちょう》してくる。

返事どころか声を出すのも覚束《おぼつか》ないココは、黙ったきり。

重苦しい空気が流れる中、ヨシュアはスクッと立ち上がり、キャリー達に挨拶してから行商隊のもとに帰っていった。

しばらくの間、無言の時間が流れる。

「コ、ココ姉さん、えっと……突然の告白なんて、お話の世界みたいでしたね」

沈黙《ちんもく》を破ったのはメアだった。

彼女は最近恋愛小説なども読むようになってはいたが、お話の中の王子様の告白ならいざしらず、現実世界のヨシュアのプロポーズは少々刺激が強かった。自分のことでもないのに頬を赤らめている。

いまだに動揺が収まらないココが、マアロに尋ねる。

「マアロ、私はどうすればいいんでしょうか」

「決めるのはココ。今はゆっくりと考えをまとめて」

「そ、そうですね」

とは言ったものの、ココは棒立ちのまま動けない。

「ココちゃん、少し奥で休んだら？」

キャリーが優しくココの肩を抱いて店の奥の居住スペースに連れていった。

二人の背中を見送りながら、メアが食い気味にマアロに話しかける。

「マアロさん、どどど、どうしましょう⁉」

「とりあえず、良一にも相談する」

こうして、メアとマアロが執務室に駆け込んできたのだった。

◆◆◆

「……なるほどな」

マアロ達から大まかな流れを聞き、良一が頷いた。

意外にあっさりした言葉しか出てこないが、内心は動揺していて、手が小刻《こきざ》みに震えている。

メアは心配そうに良一を見つめた。

良一とココの仲については、仲間達の間では――自称嫁のマアロは認めようとしないが――暗黙《あんもく》の了解になりつつあった。

本人達が恋人だと認めたわけではないが、皆も〝いずれそうなるだろう〟と確信しているからこそ、何も言わずに見守っていた節《ふし》がある。

だからこそヨシュアのプロポーズは、当事者のココ以外にも大きな影響を与えた。

ある意味、一番答えを聞きたくないはずのマアロが、意を決して良一に問いかける。

「良一は、どうする？」

「どうすると言われても……」

状況がこうなると、良一も覚悟を決めて対応しなければならない。

以前からココに好意を寄せていたのは事実だ。しかし、今の関係が心地よくて、それ以上仲を進展させようとはしなかった。

だが、ココがヨシュアに嫁《とつ》いで故郷に帰ってしまってからでは遅いのだ。

仲間内で育《はぐく》んできた和やかな空気が、これをきっかけに壊れる可能性はある。

しかし、ここまで追い込まれないと決心できなかった自分を恥じる気持ちもあり、良一ははっきりと声に出す。

「今さらだけど、ココに想いを伝える」

言葉にすれば、決心も強固になる。

良一の言葉を聞いて、メアは笑みを浮かべた。

マアロもフンスと息を吐き、力強く頷く。

「王国は一夫多妻《いっぷたさい》でも多夫一妻《たふいっさい》でも構わない」

「どういう意味だよ⁉」

せっかくの一大決心に水を差すマアロにズッコケたものの、おかげで緊張が少し和らいだ。

良一は立ち上がる。

「この気持ちをココに伝えたいけど……今でいいのかな」

一瞬、弱気が顔を出すが、マアロが早く行けとローキックをかまして追い立てる。

ココはキャリーの店で休んでいるとのことなので、すぐに行けば捕まえられるはずだ。さも当然といった態度でついてくるメアとマアロを追い払うのも煩《わずら》わしく、良一は領主館の外に出る。

――そこに、渦中《かちゅう》のヨシュアが立っていた。

一人で門前に立つヨシュアは、良一を見てストレートな質問をぶつけた。

「石川男爵、不躾《ぶしつけ》ながらお尋ねいたします。今からどちらに行かれるおつもりですか?」

ヨシュアは良一の顔を見て、彼もココに告白しに行くつもりだと確信したようだ。

「先ほど、イーアス村の方に聞きました。ココと石川男爵は互いに想い合う仲だと」

ヨシュアは静かに、しかし力のこもった声で続ける。

「僕とココは幼い時から共に剣を振り、共に育った仲です。この想いの強さは石川男爵にも負けません」

ヨシュアの強い眼差しを受けながらも、今日の良一は怯まなかった。

ココへの想いを強固にして言い返す。

「確かに、俺はココと旅をするようになって、たかだか二年くらいだ。けれど、旅を通して一緒に多くの困難を乗り越えた。彼女の優しさや思いやりに触れた。その時間の濃さは負けないつもりだ。俺だって、簡単にココを諦めるわけにはいかない」

領主館の前での二人のやり取りは、当然のごとく多くの村人達の注目を集める。

良一の宣言を聞き、村人達は〝やっと腹を括《くく》ったのか〟と、保護者のような心境で、事態の行く末を見守った。

ヨシュアは何も応えず、ただ自分の拳を握り締めた。

それから、互いに無言でキャリーの店へと向かう。

良一達の後には、ヨシュアやメア、マアロだけでなく村人達まで続々と連《つら》なり、その人数は増え続ける。

いつの間にか、キャリーの店の前には人だかりができていた。

キャリーはいったい何事かと驚くが、良一の姿を見て用件を察し、家の中にいるココを呼びに行った。

呼ばれて出てきたココも、あまりの人数の多さと良一の真剣な表情に言葉を失う。

「良一さん、ヨシュア、村の皆さんも……」

いよいよ良一がココに話しかけようとするが、それにかぶせるようにヨシュアが声を出した。

「ココ、さっきは急にごめん。ココと石川男爵の仲は聞いたよ。……でも、僕にもチャンスが欲しい」

良一の言葉を遮《さえぎ》って発言したヨシュアに対して村人達は不満を漏らすが、三人の会話を聞き逃すまいとすぐに静かになる。

「小さい頃に言っていたよね。お婿《むこ》さんは自分よりも強くないといけないって。せめて最初の条件を確認させてほしい」

ココは良一とヨシュアを交互に見て、口を開くが……考えがまとまらず、言葉が出ない。

「ココ、聞いてほしい」

ついに、ココとヨシュアがいる舞台に、良一も上がった。

「こうなるまで決心できなくて恥ずかしいけれど……俺もココが好きだ。仲間としてだけでなく、これからは家族として一緒に暮らしたい」

良一の言葉で場の空気は一気に高まる。

「それから……ヨシュアのチャンスの件は、男としてわかる。たとえココの選択の結果、思いを遂げられなかったとしても、自分が納得いく形で身を引きたい」

良一が助け船を出したことに、ヨシュアも驚いた表情を見せる。

ココは目を瞑り、大きく深呼吸した。

それから、決意のこもった眼差しで良一とヨシュアを見る。

「……まずは、二人の告白を受けて率直《そっちょく》な気持ちを言わせてもらいます」

良一達当事者だけでなく、周囲の誰も固唾《かたず》を呑んで事態を見つめる。

「一緒に冒険してきた良一さんの告白は、とても嬉しいです。それから、幼馴染《おさななじ》みのヨシュアの告白も、驚きましたが嬉しい気持ちは変わりません」

ココは緊張に少し声を震わせながらも、しっかりと自分の言葉で心の内を語り続ける。

「私は今まで剣を振るう生活しか送ってきませんでした。そんな私が、同時に二人の男性から告白を受けて選ぶなんて、おこがましくて身が縮む思いです。正直に言って、自分の気持ちもわからないくらいで、こんな状態では冷静に答えを決められません。……ですから、まずは気持ちが定まるまで、ヨシュアの提案を受けさせてください。私には剣しかないので……」

ヨシュアは一瞬笑みを浮かべるが、すぐに真面目な顔に戻る。

少なくとも〝商人の息子に興味はない〟などと突っぱねられなかったことに、安堵《あんど》したようだ。

こうして、結論は一旦先送りされた。

ココが心を決めるまで、彼女と良一が同じ領主館で寝泊まりするのは公平ではないという意見もあり、彼女はしばらくキャリーの店に泊まることになった。

さて、このココの発言で火がついたのが、周囲の村人達だ。

職人気質《かたぎ》でお祭り好きな村人達の間で、三人のために立ち合いの舞台を造らねばなどと相談が始まり、村中が良一の誕生日会の時を上回る勢いで賑やかになる。

良一の告白の噂は瞬く間に村中を駆け巡り、ほとんどの人の知るところとなった。

その日の夕方、タケマル商会の支店出店の件で相談に訪れたコリアス村長も、告白の件について知っていた。

「石川君もついに決心したんだな」

しみじみ呟く村長に、スロントが相槌《あいづち》を打つ。

「某も話を聞いて驚きましたぞ。殿とヨシュアがココ嬢を取り合う日が来るとは……いやあ、思いもせなんだ」

二人からも話を蒸《む》し返《かえ》されて、良一は照れくさくて頭をかく。

「まあ、俺もココへの想いは負けませんから、心配しないでください。今はタケマル商会のことについて話しましょう」

無理に頭を切り換えて、仕事に取り掛かる。

コリアスも姿勢を正して真面目に話をする。

「今回の出店の話だが、メリットとデメリット、両方とも大きいな」

スロントが村長の言葉を継いで説明する。

「出店のメリットは、急速に発展を続けるイーアス村がさらに大きくなることでしょうな。雇用《こよう》も生まれるでしょう。デメリットは、村の社会構造の問題ですな」

「その通り。イーアス村は石川君が来てから大きく変化している。村人達も大多数は好意的に受け止めているが、中にはこの大きな変化についていけない者もいる」

「タケマル商会の出店が決まれば、それが呼び水となって他の商会の出店も増えるでしょう。トーベ副会頭もその懸念《けねん》があるから、わざわざ殿に許可を求めてきたのでしょう」

イーアス村は急速に成長を続けているが、いまだに小さな村だ。

農業都市エラルや公都グレヴァールのように人が多ければ、商店同士が競い合うのも良い。各商会の営業努力で流行《はや》り廃《すた》りがあってもおかしくない。

しかし、イーアス村の規模では、まだ村全体で助け合って経済を回していく必要がある。外から来た商会に客を奪われて元々あった商店が潰れでもしたら、大きな反感を買うだろう。

「決して、今村にある商店が地縁《ちえん》に頼って殿様商売をしていていいという話ではござらん。上手くバランスを取らねばという話ですな」

「まさしく、その通りだね」

難しい問題だが、スロントとコリアスが話し合った結果、店の大きさを定めて、巨大店《てん》舗《ぽ》ではなく村の商店と同規模の小さな支店にするという条件で許可を出すことにした。

タケマル商会は、扱う品目は高級路線でいくと言っていたので、現在村にある商店とも競合しないだろう。

「殿が感情的になって、タケマル商会の出店に反対しなくて安心しましたぞ」

打ち合わせが終わり、スロントが冗談めかして言った。

「ヨシュアの問題とタケマル商会の出店は別だろ？」

「左様《さよう》でござる。どうか殿はそのままでいてくだされ。これからも某が殿を支えますゆえ」

スロントが笑顔でそう締めくくった。


しばしお茶を飲んで休憩しながら、ココとのことをどうしようかと考えていると、ギオが領主館を訪ねてきた。

「おう良一、大勢の前で告白とは剛毅《ごうき》じゃないか」

「ギオ師匠、どうしたんですか？」

「良一とココ嬢ちゃんと、あの格好良い兄ちゃんの試合の舞台の責任者になったから、その報告にな」

ギオは良一の師匠であり、村の中でも顔役に近いので、この役目を任されたそうだ。

「責任者……って、そんな話になっているんですか⁉」

その場のノリで盛り上がっているだけかと思いきや、本気で舞台を造る段取りが進んでいて、良一は唖然とする。

ギオの話では、村中が良一とココとヨシュアの話で持ちきりらしい。

「領主夫人が決まるかもしれないんだ。村全体で盛り上げるぞ」

「いやいや、そんな大事《おおごと》にはしないでください」

「覚悟を決めたんなら腹も括れ！」

ギオに一喝《いっかつ》された良一は、釈然《しゃくぜん》としない気持ちでぼやく。

「それとこれは別問題だと思うんですが……」

「とにかく、ミチカ嬢とスロント殿にも会場設営や進行の協力をしてもらいたいんだが、構わないよな？」

「……わかりました。スロント、お願いできるかな」

「お任せくだされ！」

やけに張り切るスロントを見て良一は嫌な予感を抱くが、後の祭りだ。

こうして話は当人達を置いてけぼりにして、どんどん進んでいくのだった。

◆◆◆

翌日、タケマル商会に条件付きでの出店許可を出す話で打ち合わせの場が設けられたが、さすがに今の村の状況を受けて、領主館に来たのはトーベ副会頭だけだった。

「この度は愚息のせいで大変なご面倒をおかけしてしまい……」

会合が始まるなり、トーベは真っ先に額をテーブルにつけて良一に謝罪した。

「いえ。ココとの関係を曖昧にしていた自分自身に思うところもあるので、かえって良い機会でしたよ」

「そう言っていただけると、心労も和らぎます」

「それで、タケマル商会の出店の件ですが」

良一が話を進めると、トーベは背筋《せすじ》を正した。

その表情は神妙《しんみょう》で、今回の一件を受けて良一の返事も良くないものになると考えているようだ。

「条件付きですが、出店を許可します」

「本当ですか！」

副会頭は驚きつつも表情を和らげた。

「ええ。条件についてはスロントも交えて話をさせてもらいます」

トーベはしきりに頭を下げて、良一に感謝を伝える。

そうして細かな内容まで確認し、トーベはその条件を丸々受け入れた。

書面に互いのサインを書き入れて、正式に契約を締結《ていけつ》する。

「タケマル商会とイーアス村の関係が良きものとなりますように」

「本当ですね。トーベさん、よろしくお願いします」

二人はガッチリ握手を交わし、会談が終わった。


トーベが帰った後、スロントが懐から一枚の紙を取り出し、良一に見せた。

「殿、ご覧くだされ」

「なんの紙？」

紙の表題には〝愛の直接対決三本勝負〟と、力強い筆致《ひっち》で大きく書かれ、〝明日午前、村の中央広場で開催。世紀の決戦に刮目《かつもく》せよ！〟などと景気の良い煽《あお》り文句が躍っていた。

「なんだよ、これ⁉」

「ココ嬢とも相談して決めました。殿とヨシュアには三本勝負をしてもらおうと」

「……」

自分達の恋が完全なる見世物になりつつある状況に、良一は絶句してしまう。

良一の表情が芳《かんば》しくないと見るや、スロントの説得が始まる。

「殿、殿のココ嬢への想いはそんなものですか⁉」

「いや、それとこれとは――」

「昨日、大人数の前でココ嬢に告白した殿はどこに行ったのですか？　意中の女性のためならば、この程度はなんともないはずですぞ⁉　むしろ領主として、村人に男気《おとこぎ》を見せる良い機会ではござりませぬか⁉」

「それはだから――」

スロントは良一の反論も許さず、捲《まく》し立《た》てる。

「すでにココ嬢の許可も出て、ヨシュアもこの内容を了承しているのです。後は殿が承諾《しょうだく》し、実力でココ嬢と夫婦になるのみでござる！」

「……」

あまりの勢いに押されて、結局良一も頷いてしまった。

スロントは満足げに笑う。

「さすがは我が殿ですな！」

「なんだか流されただけのような気がするけど……」

「気のせいですぞ！」

「ところで、その三本勝負ってのはどんな内容なんだ？」

良一は勝負の内容を確認しようとして裏をめくるが……全くの白紙であった。

「公平のために、殿とヨシュアには開催まで内容を伏せさせていただきます」

「え～⁉」

「殿はココ嬢への想いを胸に、当日までお待ちくだされ」

そう言って部屋を後にするスロントを、良一は呆然と見送ることしかできなかった。

◆◆◆

そして翌日、いよいよ決戦の火蓋《ひぶた》が切られようとしていた。

村の広場に造られた特設ステージの上で、司会のスロントが開会を宣言する。

「皆様、お待たせいたしました。ここに〝愛の直接対決三本勝負〟の開催を宣言いたします！　まずは、ココ・ユース・ガベルディアス嬢の登場です」

村人達の歓声に包まれながら、ココが舞台に上がる。

「皆さん、本日はお集まりいただき、ありがとうございます。私事《わたくしごと》のためにこのような場を設けていただきまして……」

冷静に考えれば異常な状況なのだが、ココもどうしていいかわからず、雰囲気に流されて律儀《りちぎ》に挨拶をする。

ココの登場で、会場のボルテージはいよいよ高まっている。

舞台裏では、良一とヨシュアが名前を呼ばれるのを待っていた。

互いに自分の正面をじっと見据え、視線は合わさない。

「ココ嬢を巡って争うのは、イチグウ島から来た好青年。ココ嬢とは幼馴染みという関係の、タケマル商会副会頭の息子、ヨシュア殿！」

「絶対に負けません」

自分の名前を呼ばれたヨシュアは立ち上がり、良一にそう宣言してから舞台へと上がっていった。

イーアス村では完全アウェイと思われたヨシュアだったが、彼の美男子っぷりを目にした一部の村の若い女性達から溜め息が漏れる。

良一は気合を入れ直して、自分の出番を待つ。

「渦中の最後の一人は、お馴染みイーアス村領主、石川良一男爵！　ココ嬢とはパーティを組み、幾多《いくた》の困難を共に乗り越えた戦友。今、その関係を一歩進めようとしているでござる！」

スロントの声を聞いて、良一も舞台へと上がる。

見ると、広場はイーアス村の村民のほとんどが集まっているのではないか、というほどの人で溢れていた。

あちこちから〝良一～〟や〝領主様、頑張れー‼〟という、声援が飛び交った。

観覧席《かんらんせき》の最前列には、メアとモアとマアロがキャリーに付き添《そ》われて座っていた。

良一の視線に気づいたのか、メアとモアが手を振る。

良一が手を上げて応えると、村人達はさらに盛り上がった。

「では、三本勝負の一本目は、ココ嬢との一騎《いっき》打ちでござる」

テニスコート一面分ほどある舞台上には白い線が引かれており、この中で試合をしろということらしい。

足場は板張りでしっかりしているので、動きに支障《ししょう》はなさそうだ。

「まずは、ヨシュア殿の挑戦でござる」

スロントに促されて、ココとヨシュアの二人が試合場の中央へと移動する。

スロントが二人に木剣を手渡した。

二人は重さを確かめるかのように素振《すぶ》りをしてから、互いに向き合って剣を構える。

ココもヨシュアも同じ流派なので、全く同じ構えだ。

「一本先制勝負、判断は某が下す。相手に有効打を与えるか、場外に出せば勝利でござる」

ココとヨシュアは頷き、合図を待つ。

「それでは、始め！」

ヨシュアの実力は未知数とはいえ、Aランク冒険者相当の実力があると言われているココが相手では、誰の目にも分が悪いのは明らかだ。

ココの剣技は良一達との旅を通して日々鍛え上げられて、素人《しろうと》の良一の目から見ても、出会った頃とは比べものにならないほどに冴《さ》えている。

はたしてヨシュアはそのレベルに達しているのか。

ココは様子を見るために、剣を構えたまま静止している。

対するヨシュアは、剣先を細かく動かすなどして相手の動きを誘う。

しかしココは全く動じず、細部に囚《とら》われることなく、視界を広げてヨシュアの全身を見る。

小細工《こざいく》は通じないと見て取って、ヨシュアは剣先を動かすのをやめて構えを変えた。

腰よりも刀身を下げる下段の構えで、左足を大きく前に踏み出す。

舞台の床板が軋《きし》み、彼が足に力を込めているのがわかる。

「ハッ！」

勢いの良い掛け声を発し、ついにヨシュアがココに向けて剣を振るう。

剣が迫っても、ココはギリギリまで動かない。

しかし、剣が腕に当たりそうになった瞬間、彼女は体を捻り、ヨシュアの木剣に自分の木剣を軽く合わせていなした。

ヨシュアもさらに激しく剣を振るって追撃するが、ココの体を捉えきれず、全て躱《かわ》される。

ココが動いた距離は最初の位置から二歩にも満たない。彼女は汗もかかずに涼しげなまだ。

一方のヨシュアは、すでに額に細かな汗を浮かべている。だが、やる気も体力もまだまだある様子だ。

「剣の修業をやめたわけではないんですね、ヨシュア」

「商人だって体力が資本だからね。それに、ココのお婿さんになるためにも強くなりたかったから……」

束の間、二人は会話を交わすが、それは一息入れるだけの小休止にすぎない。

一瞬の後、今度はココがヨシュアを攻め立てた。

ココはまだまだ全力ではなく、探りを入れて様々なパターンの技を繰り出す。

ヨシュアはそれを有効打にならないように必死に防御する。

際《きわ》どいところで剣をいなすが、木剣は何度も体を擦《こす》り続け、細かな傷がついていく。

先程と攻守逆転《こうしゅぎゃくてん》しただけだが、ココとヨシュアの実力差が如実《にょじつ》に出ていた。

観客の誰もが、ココの勝利を確信しはじめたその時、突然ヨシュアがココに向かって木剣を投げつけた。

捨て鉢とも言える奇襲《きしゅう》攻撃だったが……ココは冷静に対処して弾き飛ばす。

ヨシュアの木剣は舞台上から転《ころ》がり落ち、彼の手元には何もなくなった。

ヨシュアの考えはわからないが、ココは油断なく木剣を構えたまま距離を詰める。

剣の間合《まあ》いに入るまいと、ヨシュアはココの動きに合わせて後退して、膠着《こうちゃく》状態が続く。

互いに距離を保ったまま動き、ヨシュアの足が場外との境《さかい》を示す白線ギリギリを踏む。

ココはその瞬間をチャンスと捉え、木剣を上段に振り上げる。

その時、ココの呼吸に合わせるようにして、ヨシュアが彼女の懐に飛び込んだ。

ココは構わず、ヨシュアの頭頂部に木剣をまっすぐに振り下ろす。

審判《しんぱん》役のスロントも鋭い太刀筋に目を見張り、試合の終了を告げようと口を開いた。

「勝負あ――」

しかし、彼の宣言は最後まで続かなかった。

決着はまだついていないのだ。

ココの振るった木剣は、無手のヨシュアに真剣白刃取《しんけんしらはど》りされていた。

「まさか」

ココが驚きを露わに小さく呟いた。

真剣ではないのでそれなりに厚《あつ》みもあるとはいえ、ヨシュアは木剣の切っ先から二十センチほどの場所を両手でしっかりと挟んでいた。

曲芸じみたこの行動に、観客も息を呑む。

ココは木剣に力を込めてヨシュアを振り払おうとするが、わずかな動揺が彼女の動きに綻《ほころ》びを生じさせた。逆にその力を利用されて木剣を奪われ、体勢を崩す。

そのままココは地面に倒され、ヨシュアは奪い取った木剣をココに突きつけた。

「勝負あり！　ヨシュア・モンテスロの一本」

スロントははっきりと宣言した。

村人達は二人に惜しみない拍手を送る。

ヨシュアの真剣白刃取りという離《はな》れ業《わざ》には、さすがのココも驚いていた。

少しでも臆《おく》せば失敗していたところを、愛の力、ココへの想いが彼を前に踏み出させ、技の成功に繋がったと言えるかもしれない。

「ヨシュアも成長しているんですね」

「これで、少しは僕を認めてくれるかな」

ヨシュアが地面に座ったままのココに手を差し出して引き起こした。

ココはその手を取って立ち上がり、お尻についた砂を払い落とす。

寸止《すんど》めで決着がついたことから、二人とも大きな怪我もなく試合を終えられた。

それでもヨシュアの腕や足には、木剣が当たった細かい傷がついているのでマアロが回復魔法で治療する。

休憩を挟んでココの体力が戻ったところで、今度は良一との試合が始まる。

「では続きまして、石川男爵の挑戦です」

スロントの宣言で試合場に立った良一は、木剣を持ってココと相対する。

「先ほどの試合と同様で一本先制勝負。それでは、始め！」

良一もココとの模擬試合は久しぶりだ。

イーアス村に帰ってからというもの、なんだかんだで領主仕事に忙しく、ココに剣の稽古をつけてもらう機会がなかった。

しかし、ココと稽古していないだけで、スロントとは息抜きがてら時々剣の修業をしている。

「良一さんと剣を合わせるのも久しぶりですね」

「そうだな、本気でいかせてもらう」

「全力でどうぞ」

良一の本気という言葉を聞き、自然とココの目にも力がこもる。

最近手合わせしていないとはいえ、互いに手の内は知り尽くしている。

良一はヨシュアのような起死回生《きしかいせい》の一手など持ち合わせておらず、またココもないものと認識している。

とはいえ、良一には良一なりの戦い方があった。

この試合のルールは剣で一本取るというだけで、魔法やスキルの使用が禁止されているわけではないのだ。

ヨシュアが戦った際は剣術だけの雰囲気があったが、ココも良一も、互いに全力での戦闘となれば魔法ありだと承知《しょうち》している。

「出し惜しみはしない」

良一はそう言って分身体を召喚する。

試合場の中心から良一側の半分が、分身体でぎっしり埋め尽くされた。

「おお、領主様があんなに⁉」

「お得意の分身だろ、知らないのか？」

「お、領主様、最初から気合い入ってるな」

この能力を知らない者、話だけは知っている者、過去に見たことがある者など反応は様々だが、良一の《神級分身術》を実際に目の当《ま》たりにして、会場に集まった誰もが驚いた。

どこからかフラッとやって来て、木工ギルドの一員になり、村を襲ったドラゴンを倒し、魔導甲機を駆使《くし》して倒壊した家屋の再建に尽力し、いつのまにか貴族になってしまった男。

技術や金銭《きんせん》的な力ばかりに目がいきがちだが、この村の新しい領主は武の力も持っていた。

村の自警団と一緒にモンスターを討伐するココの実力は有名だ。

しかし、そんなココを圧倒する良一の姿を、ほとんどの村人は知らなかった。

「まだまだ行くぞ」

剣術の腕だけで比べれば、ココと良一の間には埋まらない差がある。

一度ココが剣を振るだけで、分身体は消滅し、試合場に空間が生じる。

けれど、できた空間をすぐに詰めていく分身体の圧倒的な物量は、剣の力だけでは対抗できない。

良一はココをどんどん押し込んでいく。

ココの足が場外の境である白線に差しかかり、いよいよ勝負がつくかというところで、どういうわけか良一は分身体を全て消した。

不可解《ふかかい》な行動に、村人達は皆疑問符《ぎもんふ》を浮かべる。

「ヨシュアが離れ業を成し遂げたんだ。最後は俺も、自分自身の力で決める！」

良一はそう叫び、ココに向かって駆け出す。

しかしそれはあくまで助走のためで、彼は重力魔法で重力を弱めて、圧倒的な跳躍《ちょうやく》を見せる。

重力魔法と剣術を組み合わせた戦い方を得意とするスロントには及ばないまでも、良一も彼から一人前と認められた。

ココは空中からの攻撃を迎え撃つように剣を振るうが、良一は自身にさらなる重力魔法をかけて落下をコントロールし、不規則な動きで攻撃を躱す。

そして、良一が振るった剣にココが合わせ、土俵際《どひょうぎわ》での鍔迫り合いになる。

技のキレではココが一枚上手《いちまいうわて》だが、肉体的なステータスでは圧倒的に良一の方が上だ。

単純な力比べに持ち込めば良一の勝ちである。

良一がググググと力で押し込み、ココの両足は場外に出た。

「勝負あり！　場外一本で勝者石川男爵」

スロントがそう言って、ココとの腕試《うでだめ》し勝負は終了した。

「やっぱり、純粋な剣術以外では良一さんにはもう勝てませんね」

「いつか剣術でもココに勝てるようになってみせるよ」

「楽しみにしています」

試合を終えた良一とココが言葉を交わした。

「三本勝負の一本目は、両者がココ嬢から一本を取りました。続いて二本目の勝負に参ります」

ヨシュアと良一、両者の健闘《けんとう》を称え、会場から万雷《ばんらい》の拍手が送られた。

二本目の勝負を実施するに当たって準備の必要があるため、少し休憩時間が設けられる。

ヨシュアは一本目を取れて自信が出てきたのか、リラックスした様子でタケマル商会の年近い仲間と笑いながら語り合っていた。

「良一君の実力は知っていたが、さらに腕を上げたのだな」

ヨシュアから少し離れた場所で汗を拭う良一に、コリアスが声をかけた。

「お恥ずかしい限りです」

「あれだけの力を村民の前で示せば、領主としての信頼もさらに上がるだろう」

「そうですかね」

イーアス村がドラゴンの襲撃を受けた記憶は村人達の中にも強く刻み込まれている。

メラサル島において、領主と領民の関係は安全の保障で成り立っている。いざという時に領主が領民を守るからこそ、領民は領主を支えるのだ。

「二本目の勝負も頑張って」

「ありがとうございます」

いつもならメアやモアが真っ先に飛んでくるのだが、来ないところを見ると、どうやら二本目の準備を手伝っているようだ。

舞台上の一部が白い幕で覆われて、中で何が行なわれているのか見えなくなっており、時々金属などがぶつかり合う音なども聞こえる。

ほどなくして準備が終わり、良一とヨシュアは舞台に上がった。

「お待たせいたしした。二本目の勝負はこちらでござる」

スロントの合図で、舞台を覆っていた幕が片付けられる。

すると、そこには簡易的な炊事場《すいじば》が出来上がっていた。

大きな調理台が二つ、向かい合うように設置されていて、中央のテーブルには、王国、ココノツ諸島、帝国など、様々な地域の食材が並べられている。

「二本目の勝負は、料理対決！」

村人達は盛り上がるが、良一は今ひとつ理解が追いつかず首を傾げた。

「剣術ならまだしも、いったいどうして料理対決なんてすることになったんだ？」

「事前に勝負の内容を決める相談をしていた際に、石川男爵もヨシュア殿も料理が得意と判明いたしました。ならば、互いに得意な料理でココ嬢を唸らせてはどうか——という主旨《しゅし》の勝負でござる」

スロントの説明を聞いて、会場はますますヒートアップする。

そうして、良一とヨシュアの二人は与えられた調理台に移動した。

「調理に取り掛かってもらう前に、ルールを説明するでござる」

料理は何を作っても良いが、使用する食材は中央のテーブルに置いてあるものだけ。

調味料、および道具類は自前の物を使用しても、準備された物を使っても良い。

また、それぞれ調理アシスタントを一人つけられる。

制限時間は二時間。ただし、調理開始前に三十分の準備時間を設ける。

一通り説明を受けて、二人が準備に入った。

ヨシュアは早速タケマル商会の行商隊に向かって、道具の準備を始める。

良一も調理道具はアイテムボックスに使い慣れた物があるので、それらを調理台の上に並べていく。

「さて、誰に補助を頼もうかな……」

「良一兄さん」

考えていると、背後から声をかけられた。

「私にアシスタントをさせてもらえませんか」

そこにいたのは、エプロンを着けてやる気に満ちたメアだった。

彼女は真剣な表情で熱のこもった言葉を伝えてくる。

「私も、今回の勝負で良一兄さんに勝ってほしいから、少しでもお手伝いしたいんです」

メアは時々良一やキャリーから料理を教わり、腕を上げていた。それだけでなく、最近は料理長のランドの手ほどきを受けて、基礎《きそ》から勉強し直している。

ランドの話では、厳しい指導にも食らいついているという。

「じゃあメア、お願いできるかな」

「はい、頑張ります！」

アシスタントがすんなり決まったので、続いてメニューの検討に入る。

「じゃあ、どんな料理を作ろう。ココの好きな料理って言ったら、ビーフシチューかな？」

以前良一が作った際に、ココは何度もおかわりをした。

他にも好物をいくつか思い出すが、基本的に彼女は嫌いな食べ物はなく、なんでも美味しいと言って食べてくれる。むしろ、好物が多くて選べない。

良一が頭を抱えていると、メアが声をかけた。

「良一兄さん、ひき肉入りのオムレツとかどうですか？」

「ひき肉入りのオムレツ？」

ひき肉入りのオムレツ自体は、朝食の時に何度か作ったメニューだ。

「ココ姉さんが初めて食べた良一兄さんの手料理なんです」

「えーと、そうだっけ？」

メアに指摘されて、良一は記憶を掘り返す。

メアとモアに初めて食べさせたのは、病《や》み上がりだったモアのために作った肉うどん。これはメアにとっても大切な思い出として記憶に刻まれている。

では、ココとの出会いはどうだったか……

「そうか、イーアス村に戻って、森の泉亭の調理場を借りて作ったのがひき肉入りのオムレツだったたな」

「そうです。私とモアがサラダを作って、良一兄さんがオムレツを作ってくれたんです」

メアの言葉で、当時の記憶が鮮明《せんめい》に蘇《よみがえ》る。

「ココ姉さんの好きな料理も良いと思うんですけど、思い出の味も良いかなって」

メアの提案には頷ける部分もある。

「そうだな……じゃあ、メアの意見を採用してひき肉入りのオムレツを作ろう。でも、簡単だからかなり時間が余るだろうな」

「そうですね。……なら、それこそココ姉さんの好きな料理を作りますか？」

「ビーフシチューか？　でも、デミグラスソースから作るとなると、二時間だとキツそうだな」

「お肉を柔らかく煮込むのにも時間がかかりますしね」

二人で、頭を捻ってあれこれ意見を出し合う。

「ひき肉を使うんだし、コロッケはどうだろう？」

「良いと思います！　色んな味を作ってみませんか」

「よし、そうだな！　じゃあ、ひき肉入りのオムレツとコロッケをメインに、コンソメスープも作ろうか」

「はい！」

メニューも決まり、手順の打ち合わせをしていると、あっという間に三十分が過ぎ、スロントが準備時間の終了を告げた。

いつのまにか舞台上には審査《しんさ》員席が設けられていて、中央にココ、その両脇にマアロとトーベ副会頭が座っていた。

「今回の勝負の審査では、ココ嬢の他に、オブザーバーとして各陣営の者に参加していただいた。ウンディーレの神官、マアロ殿と、タケマル商会の副会頭、トーベ殿だ」

スロントに名前を呼ばれ、二人も手を振って応える。

「それでは両名とも、準備はよろしいか」

スロントが良一とヨシュアに確認を取る。

「問題ないよ」

「大丈夫です」

ヨシュアは行商隊の一員の若い男性を補助として選んでいた。

ヨシュアと良一は互いに見合ってからスロントに向き直る。

「では、調理開始！」

スロントの宣言で、早速両者が動き出した。

良一はメアと一緒に舞台中央に行き、食材を選ぶ。

卵は今回の料理のメイン食材なので真っ先に確保し、続いてジャガイモやひき肉などを選んでいく。

メアも並んでいる食材の中で質の良いものを見て、調理台に持ち帰った。

対するヨシュア達は、魚介系を中心に選んでいるようだ。

食材が揃ったところで、調理に入る。

良一がパンをすりおろしてコロッケ用のパン粉《こ》を作っている間、メアが食材を洗ったり、皮を剥いたりと、仕込みをしてくれる。

以前は危なっかしかったメアの皮剥きは、随分と様《さま》になっており、身を無駄にすることもなくなっていた。

「メア、すごく上手くなったね」

「ありがとうございます！」

そうして材料の下拵えも終わり、調理に取りかかる。

まずは野菜をよく煮込むためにコンソメスープからだ。

本格的にコンソメから作ろうとしたら半日以上かかるので、自前のコンソメの素を使う。

しかしそれだけに頼らず、ベーコンや炒《いた》めた野菜の旨味がスープに溶け込むように、じっくり煮込んでいく。

「よし、スープはこれでいいとして、次はコロッケか」

鍋《なべ》からコンソメの良い香りが漂《ただよ》ってくる中、メアが茹《ゆ》でたジャガイモを潰してコロッケの種を作る。

玉ねぎを飴色《あめいろ》になるまで丁寧に炒め、基本に忠実《ちゅうじつ》に作り上げていく。

領主になって以来、自炊《じすい》の機会はめっきり減ったが、これまでの人生で長く料理を作ってきたので、体が覚えている。

そうしてメアと協力して三品の料理を作り上げた。

オムレツもコロッケも出来立てが一番美味しいので、メアと呼吸を合わせて、時間ギリギリに完成するように作業の進め方を調整した。

「そこまで！　調理時間の終了でござる」

　スロントが声をかけたタイミングで、良一もヨシュアも料理の盛り付けを終えた。

「これより、実食」

　配膳係《はいぜんがかり》はみっちゃんがやるようで、まずは良一の皿をココ達へと配った。

　ココとマアロは見慣れた良一の料理だが、トーべ副会頭は物珍しそうに見ている。

「いただきます」

　ココが早速オムレツの真ん中にナイフを入れた。

　しっかり焼き上げたオムレツから茶色のひき肉が少し飛び出てくる。

　彼女は一口サイズに切り取ったオムレツを口に運ぶ。

　特に言葉には出さないが、ココの口元には自然と嬉しそうな笑みが浮かんでいた。

「卵は口に入れるとふんわりとしていて食感が絶妙。そこに濃いめに味付けされた具材の玉ねぎとひき肉が存在感を主張して、しっかりと食べ応えもある」

　マアロは何度もこのオムレツを食べているものの、集まった観客に味を伝えるべく、饒《じょう》舌《ぜっ》に感想を述べた。

　トーべもその味が気に入ったようだ。

「オムレツは何度も食べていますが、その中にひき肉を炒めたものが入っているとは意外でした。簡単な工夫ですが、全く思いつきませんでしたな。実に美味《びみ》！」

スターリアでは本は高価で、気軽に手に入るレシピ集のようなものは少ない。

また、高価なレシピ集を購入できる層は限られているので、載っている料理も家庭料理ではなく宮廷料理などの格式高い料理ばかりだ。

だから、単純な家庭料理は自分の親と一緒に作りながら覚えるというのが一般的だった。

良一にとっては当たり前でも、世間では驚きで迎え入れられる料理も多い。

コロッケやコンソメスープも食べて、マアロとトーベ副会頭が良一の料理を総評《そうひょう》した。

「こんな料理を毎日食べて死にたい」

「確かに。素朴だが、毎日食べても飽きがこないように思える」

ココもしっかりと味わって食べていたが、ヨシュアへのプレッシャーにならないように、あえて感想は口にしなかった。

しかし、表情から満足したのは伝わるので、良一はメアと一緒に手応えを喜び合った。

集まった村人達からも、良一の料理が食べたいという声が上がる。

すると、すかさず今は領主館で働いているマリーが、実家である森の泉亭をアピールした。

「森の泉亭では昼間はランチをやっています！　領主様直伝《じきでん》のレシピで、今作られた料理も提供しているのでぜひ来てください」

オムレツやコロッケは、この世界で手に入る食材でも簡単に調理できるので、レシピを教えていたのだ。

村人達の間から、森の泉亭で出しているなら食べに行こうなどという声が聞こえる。

マリーの宣伝効果は抜群《ばつぐん》だったようで、森の泉亭はしばらく忙しくなるだろう。

「さて、続いてはヨシュア殿の料理です」

スロントの合図で、ヨシュア達が作った料理が三人にサーブされる。

ヨシュア達の料理は、白身魚の煮付け、自然薯《じねんじょ》の吸い物、そして白米のおにぎりだった。

良一達の料理と同様で、家庭料理に近いものだが、手間暇《てまひま》はかかっていそうだ。

「では、実食をお願いします」

審査員席の三人が再び料理を口に運ぶ。

「この煮付けは凄い。身がフワフワで、味もよく染みている」

マアロは食いしん坊だが、ただ大食らいというだけではない。食には一家言《いっかげん》を持っていて、自分の味覚には誠実《せいじつ》である。美味しいものはきちんと美味しいと言うし、不味《まず》いものには容赦《ようしゃ》しない。

そのマアロが褒めるならば、ヨシュアが作った料理も間違いなく美味《うま》いのだろう。

トーベ副会頭も、息子の料理の味に太鼓判を押す。

「この自然薯の吸い物も良い出汁が出ていて、味に深みがある」

ココも懐かしい故郷の料理を美味しそうに食べている。その表情からは、ただ美味しいという以上の満足感が窺えた。

良一達が作った料理のように、何か二人の思い出にある料理なのかもしれない。

「さて、両者の料理を食べて、いかがでしたかな？」

スロントが三人に感想を尋ねる。

まず、トーベとマアロが感想を述べた。

「どちらも食材の豪華さや珍しさに頼らず、家庭的な料理での真《ま》っ向《こう》勝負でした。一見単純そうでも、隠し包丁など一手間が加わっていて、料理としての完成度は非常に高い。二人の実力は拮抗《きっこう》していると言えるでしょうな」

「味のレベルは互角《ごかく》。あとは、どちらがココの心に響いたか次第」

マアロが言った通り、肝心なのはココの意見である。

皆が固唾を呑んで見守る中、ココが口を開く。

「二人の料理、しっかり味わわせていただきました。どの料理も美味しくて、私の好みの味でした」

少なくとも彼女の口には合っていたようで、良一は密《ひそ》かに胸を撫で下ろした。

ヨシュアの尻尾も、ココの言葉に合わせて忙《せわ》しなく動き続けている。

「そして、お二人が私との思い出を考えて作ってくれたことがよくわかりました」

ココに自分達の思いが伝わっていたとわかり、メアが小さく頷いた。

「トーべおじさんやマアロが言った通り、どちらの料理も甲乙《こうおつ》つけ難《がた》いくらい美味しかったです。同じように、思い出にも優劣《ゆうれつ》はつけられません。申し訳ありませんが……結果としては五分五分、引き分けと判断させていただきます」

結局勝負はつかなかったが、ココが真剣に考えた末に言葉を発しているのが伝わったので、観客も含めてブーイングなどは一切起きなかった。

「なるほど。では、三本勝負の二本目は引き分け。次が最後の勝負でござる。しかし、その前に挑戦者二人の体調も考慮《こうりょ》して、一旦食事休憩としたい」

そうして舞台上では三本目の準備が始まった。

お昼時を迎え、料理対決を見て空腹を刺激された村人達の中には、食事のために一度家に帰る者もいた。

「良一兄ちゃん、お疲れ様」

「良一君、このまま最後まで頑張って」

「オムレツ、とても美味だった」

観客席にいたモアとキャリー、二本目にオブザーバーとして参加していたマアロが控え室にやってきて、良一を激励《げきれい》した。

「良一兄さん、何か食べましょう。勝負の最中にお腹が空《す》いては、勝てませんからね」

メアは食事を勧めるが、良一は緊張のせいであまり空腹を感じていなかった。

良一が難しい顔で考え込んでいると、メアが気持ちを切り替えるようにパンッと手を叩いた。

「良一兄さん、お昼ご飯は任せてください。少し時間があるので、一度領主館に戻りましょう」

張り切るメアの提案に従って会場を出た良一達は、領主館へと戻った。


食堂で一息ついていると、ランドが何か昼食を用意しますかと確認してきたが、メアは自分が作ると言って厨房《ちゅうぼう》に入っていった。

やる気満々の彼女を見て、ランドは何も言わずに後を追う。

ほどなくして、昼食が完成した。

食堂で待つ良一達の前に運ばれてきたのは……

「わーい、肉うどんだ！」

「肉うどんなら別腹」

モアは大好物の肉うどんに歓声を上げる。マアロもさっきの審査で色々食べたにもかかわらず、嬉々《きき》として食べ始める。

「私にとって、良一兄さんの肉うどんは元気が出る料理なんです。だから、良一兄さんもこれを食べて頑張ってください」

「ありがとうな、午後も頑張るよ」

「はい！」

思いやりに満ちたメアの言葉を聞いて、食欲が湧いてくる。

メアの作ってくれた肉うどんは美味しく、一口また一口と箸《はし》が止まらずに、最後は汁まで飲み干してしまった。

「美味しかったよ、メア。これで三本目は勝てそうだ」

緊張も解《ほぐ》れて、良一はやる気に満ちていた。

「はい。午後も応援しています」


空腹を満たした良一達は、再び会場へと足を運んだ。

村人達もパラパラと会場に戻りはじめていて、時間の経過とともに座席が埋まっていく。

「石川男爵、次が最後ですね」

先に控え室に戻っていたヨシュアが、良一に声をかけた。

「そうだな」

「僕は絶対に負けません」

「俺も、絶対に勝つ」

二人は正面から見合い、言葉を交わした。

そしてついに三本目、最後の勝負が始まる。

先ほど同様に舞台の一部が白い幕で覆われているが、二本目の時と比べると規模が小さい。

壇上《だんじょう》に上がったスロントが声を張り上げた。

「皆様、お待たせした。いよいよ、最後の勝負を始めるでござる」

村人も盛り上がっている。

「三本目の勝負はこちら！」

スロントの合図で幕が取り払われる。

舞台の真ん中ではココが椅子に座っていて、彼女の両脇に小さなテーブルがある。また、制限時間をカウントダウンすると思《おぼ》しき大きな砂時計も設置されていた。

しかし、それだけではなんの勝負なのかわからない。

「最後の勝負は、ココ嬢へのプレゼントと愛の告白でござる。これから両者には半日かけてプレゼントを用意してもらい、それを渡す時に告白をしていただく。これが最後の勝負ということで、二本目の時のように引き分けはなし。ココ嬢には石川男爵かヨシュア殿の告白を受け入れていただきたい」

意外にも真っ当な勝負内容で良一は少し安心した。これなら、最終的にココの気持ちがきちんと反映されるだろう。

「両者、聞きたいことはあるか」

「いや、問題ない」

「僕も大丈夫です」

良一、ヨシュアが同時に頷く。

「それでは二人とも、この砂時計が終わるまでにここに戻ってくるでござる。観客の皆様もお手数でござるが、夕刻にもう一度集合していただきたい。では、始め！」

スロントはそう言って大きな砂時計をひっくり返した。

ヨシュアはすぐに舞台から姿を消す。

良一はその場に残って、プレゼントの内容と彼女にどんな言葉を贈《おく》るか考えた。

観客席の最前列にはメア達が座っている。しかし、この最後の勝負では彼女達の助けは借りられない。

全てを良一の責任で決めなければ、ココの前に立つ資格はない――良一はそう思っていた。

しかし恋愛経験の乏《とぼ》しい彼には、年頃の女性が喜ぶ気の利いたプレゼントなど、すぐには思いつかない。

良一は落ち着いて考えるために、舞台を下りて領主館の自分の執務室へと移動した。

メア達も一人で考えたいという良一の思いを汲《く》み取《と》ったのか、追いかけてこなかった。

座り慣れた椅子に深く腰掛けて、プレゼントと告白のセリフを考える。

「ココは何をもらったら喜ぶかな」

プレゼントになりそうなものをいくつか思い浮かべてみる。

花束、洋服、カバン、指輪やネックレス……どれも定番ではあるが、決め手に欠ける。

この一世一代の告白にはピンとこない。

時間だけが過ぎ、焦りが募《つの》る。

良一は思考を切り替えて、ココとの思い出にヒントを求めた。

ココと初めて出会ったのも、このイーアス村だ。

その時彼女は武者修行《むしゃしゅぎょう》のためにメラサル島を巡っている最中で、あちこち旅する良一とは、自然と行動を共にするようになった。

綺麗な人だとは思っていたものの、それだけだった。

その頃、良一はメアとモアの二人を引き取った直後だったので、むしろ彼女達のことで頭が一杯だったというのはある。それでも、メア達と同じ女性であるココが近くにいてくれて、大いに助かった。

初めてココを女性として意識したのは、公都グレヴァールで名誉騎士爵《めいよきししゃく》を授かった時。

彼女のドレス姿を見て、普段とのギャップにときめいたのが始まりだったと思う。

出会った当初は短い付き合いになるだろうと考えていたものの、結局彼女とはパーティを組むことになり、色々な場所に行き、様々な冒険をした。海賊バルボロッサの討伐、旧ドラド王国で不死者の王にも挑んだ。帝国では邪神や不死身のイトマとも戦った。

死を覚悟する状況にも何度も直面している。

しかしそんな状況でも、彼女は決して逃げずに共に戦ってくれた。

良一が《神級再生術》の能力で捨て身の戦い方をした際は、腕や足を切り落とされ、腹を抉られても再生する異様な姿を見ても、ココは引かなかった。

それどころか良一の無茶を本気で怒って、同時に心配してくれたのだ。

その時、良一にとって、彼女はかけがえのない女性になった。

「なんだか、危ない目に遭ってばかりだな。むしろ、俺と離れたらココも平穏に過ごせるんじゃないだろうか……」

ポツリと言葉が口から出るが、すぐに頭を振ってその考えを振り払う。

「今さらココがそばにいない生活なんて考えられない。これからも一緒に旅して、遊んで、共に過ごしていきたい」

そう思うと、良一の心に一つの考えが生まれた。

◆◆◆

「砂時計もまもなく終わり、両名にはこれからココ嬢への想いを伝えていただくでござる」

夕方になり、空は赤く染まっているが、三本勝負の舞台上はみっちゃんが用意した投光器やランプで照らされて明るい。

「まったく、物好きが多いな……」

舞台に上がった良一は、集まった大勢の観客を見て独《ひと》り言《ごと》を漏らした。

ヨシュアは既に椅子に座っており、その横には彼が用意したプレゼントが白い布で覆われた状態で台に置かれていた。

良一もココを挟んで反対の椅子に腰を下ろす。

良一の隣の台にも、ヨシュアと同じように白い布が被せられている。比べると、良一の方が小さい。

「それでは、最後の勝負を始める！」

スロントの言葉で、会場が今日一番の熱気を帯びた。

「では、最初にココ嬢へ想いを伝えるのはどちらか」

スロントも順番は決めていないようで、良一とヨシュアに尋ねた。

舞台上で、良一とヨシュアの視線が交錯《こうさく》する。

次の瞬間、ヨシュアが椅子から立ち上がった。

「僕が先にいきます」

「石川男爵、よろしいか？」

スロントの確認に、良一が頷いて応える。

ヨシュアは大きく深呼吸してから、用意したプレゼントにかかった白い布を外す。

現れたのは、綺麗な白い花束。

ヨシュアはその花束を手に取り、ココの前で片膝をつく。

「ココと最初に会ったのは、父さんに連れられて道場を訪れた時だったね。あの時からココは可愛くて、明るくて強い女性だった。よく一緒に川や山に遊びに行ったけど、僕はいつもココの後をついていくだけだった」

ヨシュアは胸の内の想いを全て言葉にする。

「僕にとって、ココはこの花束のように輝いていた。これはルアという花だ」

良一はピンと来なかったが、客席のメアは口に手を当てて驚いている。

「ルアの花は、一度咲いたらずっと咲き続ける。手入れをすれば百年経っても咲いたままという言い伝えから、百年花《ひゃくねんか》という別名が付いている」

ルアの花の別名を聞いて、観客席が少しざわついた。

「僕はまだまだ半人前だけど、決してココを不幸にはしない。今日からは、僕がココの手を引いて歩いていきたい。僕の覚悟の証《あかし》として、この花を受け取ってほしい」

そう言って、ヨシュアは胸の前で抱えていた花束をココに差し出した。

ココは目を瞑ったまま動かない。

良一の告白を聞いてから、どちらのプレゼントを受けるか決めるようだ。

「では、石川男爵。ココ嬢に想いを」

スロントに促されて、良一も一度深呼吸をしてから立ち上がった。

良一はプレゼントを覆う布を取らずに話しはじめる。

「今回の勝負に当たって、ココとの思い出を振り返った。ココと出会って約二年、いつも戦ってばかりだった気がする。ドラゴン、海賊、亡者《もうじゃ》……冒険者としてパーティを組んでいるんだから当たり前なのかもしれないけれど、それでも、まず感謝を伝えたい」

ココはまっすぐに良一を見て、その言葉を受け止める。

「そんな冒険の日々の中で、ココはいつも俺を支えてくれた。俺の作った料理を美味しいって言っておかわりしてくれた。一緒に遊んで、笑い合った。俺が間違っている時は、怒って道を正してくれた。ココとの思い出は、どれも大切なものばかりだ」

そう言ってから、良一はプレゼントにかけられた白い布を外す。

彼が用意したプレゼントは、短刀用の柄《つか》だった。

木製のシンプルなもので、柄巻《つかま》きなどの装飾はないが、磨《みが》き上げられた木目《もくめ》が美しい。

「これはイーアス村で木こりをやっていた時に、自分で伐《き》った木で作ったものだ。ギオ師匠に聞いたんだけど、イーアス村の木こりはプロポーズをする時に、自分で作った木製の品を相手に贈るらしい」

良一も手に取った木製の柄をココに差し出す。

「俺は、剣の道に生きるココの隣に立って支えていきたい。そんな意味を込めて、この柄を選んだ。この先、俺は領主としてますます忙しくなるだろう。でも、これからもずっと一緒に冒険したい。そして、いつまでも共に笑い合いたい」

良一は締めくくると、ヨシュアと同じように片膝をついて、プレゼントを差し出した。

熱気と興奮に包まれていた会場が一転、水を打ったように静まりかえる。

永遠にも思える時間が過ぎ、ついにココが口を開いた。

「お二人の告白、胸に響きました」

良一は緊張のあまり口の中は水分が失われて、指先が冷たくなるのを感じた。

ヨシュアも緊張のためか、尻尾をピンと立ててココを見つめ続けている。

「こういう場で二人から告白を受けて、まるで物語のヒロインになったみたいで、不思議な気分でした」

ココの決断を一言も聞き逃すまいと、観客達が舞台を注視《ちゅうし》する。

「三本勝負を通してずっと、私の頭の中を二人との思い出が駆け巡っていました。そして、私の心は決まりました」

　そしてココが一歩前に進んだ。

　さらにもう一歩進み、ヨシュアの前に立った。

「領主館で久しぶりに再会した時はとても驚きました。小さい頃のあなたとは違って、私よりも大きくなっていて、成長ぶりに嬉しくなりました」

　ココの話を聞いて、期待感からヨシュアの尻尾が揺れはじめる。

「試合でも、私は転ばされてしまいましたね。ヨシュアが努力と鍛錬を続けてきたからだと思います。具がたくさん入ったおにぎり、覚えています。稽古の後は決まっておにぎりを食べて、一緒に笑い合いましたね。そして、プレゼントに込められた覚悟も伝わりました。小さい時の約束を今まで守ってくれて嬉しかったです。これは偽《いつわ》りのない本心です」

　ヨシュアはココの言葉に何度も頷く。

「……でも、ごめんなさい。あなたの想いには応えられません」

　ココはキッパリとヨシュアにそう告げた。

　その言葉を受け入れられず、ヨシュアは呆然と立ち尽くす。

　しかし、ココの真剣な眼差しを受けて、時間とともにその意味を理解し、尻尾の揺れが収まってくる。

　ココはヨシュアに深く頭を下げてから、良一の前に移動した。

　ヨシュアは待ってと言わんばかりにココに手を伸ばそうとするが、途中で思い直し、力なくうなだれた。

「良一さん」

ココに呼びかけられ、良一は顔を上げる。

「この二年、色々ありましたね。本当に、あっという間でした」

ココの声音はいつもと変わらず、優しく穏やかだ。

「一緒に旅をして、色々な経験をして……私の中で良一さんの存在はどんどん大きくなりました」

そして彼女は、良一が差し出している木製の柄を手に取った。

「剣術しか取り柄のない私ですが、これからもよろしくお願いします」

その言葉を聞いて、良一は体の内から湧き上がる衝動《しょうどう》を抑えきれずに、ココを強く抱きしめた。

観客席の村人達は全員立ち上がり、良一とココのカップルを拍手で祝福する。

「良一兄さん、おめでとうございます」

「良一兄ちゃん、おめでとう」

メアとモアも満面の笑みで喜んだ。

ココが良一を選んだ。

ヨシュアはその事実に打ちのめされた様子だが、気丈《きじょう》に背筋《せすじ》を伸ばし、舞台を下りていった。

気の毒ではあるが、真剣勝負の結果だと思い、良一は何も言葉をかけなかった。

「三本勝負を通して、ココ嬢を射止《いと》めたのは石川男爵！　殿、まことにおめでとうございます」

スロントの宣言で再び大きな拍手が巻き起こった。

喜びだけを噛みしめ、二人は人目も憚らずしばし抱き合ったのだった。

◆◆◆

「殿、大丈夫でござるか？」

「スロント、もう朝なのか？」

三本勝負が行なわれた翌朝、良一は応接室のソファーで目を覚ました。

「すっかり太陽は昇っているでござるよ」

昨夜、良一は村中の人から祝いの酒を飲まされて、知らない間に寝てしまったようだ。

「酒の飲みすぎで頭が痛いな」

状態異常を回復させる《神級適応術》を使って瞬時に体を正常な状態へと戻し、良一はスッキリした頭でスロントに話しかける。

「皆はどうしているんだ？」

「ココ嬢も含めて、皆もう起きているでござるよ。それにしても……二日酔いも一発とは、殿のスキルは便利でござるな」

先ほどまでのだらしない様子が嘘のようにスッキリした顔つきの良一を見て、スロントが羨ましそうに言った。

「しかし、昨日の殿は格好良かったですぞ」

昨日の一件を思い出し、良一の顔が赤くなる。

今思えば、周りに乗せられていたとはいえ、よくもまああんな公衆の面前で告白したものだと思う。

ココにとっても、ヨシュアや良一にとっても、どう考えても理不尽《りふじん》な状況だが、いざ物事が動き出すと当事者としては必死で、思考停止してしまうものらしい。

「そうかな。でも一日経つと、どういう顔でココに会えばいいのかわからないな」

照れくさそうな良一を見て、スロントも笑みを浮かべる。

「何をおっしゃる。恋仲になっても、今までと変わらぬ挨拶でいいのではござらんか？」

「……そうだよな。いつも通りでいいんだよな」

良一は自分の頬を軽く叩いて気合を入れ直し、スロントと一緒に食堂へ向かった。

食堂の扉の前に立つと、中からメアやモアの楽しげな声が聞こえてくる。

良一がどうやって挨拶しようか考えている最中、無情にもスロントが扉を開けた。

食堂にはメア、モア、マアロ、そしてココがいて、皆すでに朝食を食べはじめていた。

「良一兄さん、おはようございます」

「良一兄ちゃん、おはよう！」

「おはよう」

メアとモアとマアロがいつも通りに挨拶をしてくる。

「良一さん、おはようございます」

ココも特に変わった様子はなく、柔らかく微笑んだ。

きちんと身だしなみを整えているのはいつも通りだし、ただ朝食を食べているだけなのに、恋人同士になったと考えると何故か余計に綺麗に見える。

この微笑みが自分だけに向けられるのか、などと考えて、良一は朝からどぎまぎしてしまった。

「お、おはよ、う」

声も震えてままならない様子の良一を見て、メアとモアがキョトンとする。

「大丈夫ですか、良一さん？」

ココにまで心配そうな目で見られて、良一は大げさに腕に力こぶを作ってアピールする。

「ああ、ちょっと二日酔いでね。大丈夫、この通り元気一杯だよ」

「ふふっ、良一さんも朝食を食べてください」

「そうだな」

椅子に座るとすぐに朝食が運ばれてきて、食べはじめるが……ついついココが気になって、口元を汚してしまう。

「……本当に大丈夫ですか?」

「平気平気!　全然大丈夫」

首を傾げるココに空元気で応え、良一は料理を味わう余裕もなく、流し込むようにして朝食を終えた。

食後のお茶を一口飲み、良一は意を決してココに話しかける。

「ココ」

「なんですか?」

「昨日のことなんだけど、夢じゃないよな」

「良一さんは昨日のことも覚えていないんですか?」

「いや、そういうわけじゃ……」

からかわれて口ごもる良一の姿を見て、ココは声音を変える。

「良一さんの告白は嬉しかったですよ。一生忘れられない言葉です」

そう言って、ココは自分の胸を軽く叩いた。

「本当だったんだよな」

「ええ、あれは夢や幻《まぼろし》じゃないですよ」

再び喜びの感情がこみ上げてきて、良一の頬が緩《ゆる》む。

そんな二人を見て、モアが無邪気《むじゃき》に質問した。

「ねえ、良一兄ちゃんはココ姉ちゃんと結婚するの？」

結婚という単語にドキリとして、良一とココは思わず顔を見合わせる。

恋人になったばかりで、すぐに結婚という言葉は重すぎる。

しかし何気《なにげ》ない質問とはいえ曖昧にはできないので、良一はしっかり答えようと言葉を選ぶ。

「そうだな。今すぐではないけれど、いずれは結婚したいな」

良一はココの目を見て言い切った。

「私も同じ気持ちですよ」

そして、ココもはっきり応えた。

「じゃあ、ココ姉ちゃんがお母さんだ！」

良一とココの気持ちを理解して満足したのか、モアは嬉しそうに満面の笑みを浮かべる。

だが、今まで黙っていたマアロがその空気を壊す一言を発した。

「残念ながら、結婚はまだ早い」

「どういう意味だ、マアロ」

幸せな気分に水をさされた形で、良一の語気が少し荒《あら》くなる。

「ココとは、妻の序列も含めて相談することがたくさんある。それも決めずに、結婚するのは認められない」

さも当然の様子で発言するマアロの言葉に理解が追いつかず、良一は首を傾げる。

「すまない、妻の序列ってなんの話だ？」

マアロはやれやれと首を振ってから説明しはじめた。

「私とココ、どちらが良一の第一夫人でどちらが第二夫人かということ。貴族としてのしがらみもあるから、考えないと」

今まであれほど良一にアピールしていたマアロが妙に大人しいと思ったら、どうやら彼女はまだ妻の座を諦めてはいなかったらしい。

「マアロ、ココとは恋人関係になったけど、マアロとはそんな関係じゃないだろう？」

呆れて言う良一にムッとして、マアロは頬を膨《ふく》らませる。

「なら、私も告白する。私と付き合ってほしい」

「そんなアッサリと告白されても、返事に困る」

良一はいつものノリの冗談だと笑い飛ばそうとしたが、マアロの瞳の真剣さを見て、それが間違いだと悟った。

「私は真剣。良一の意思は尊重《そんちょう》して、ココとの仲は認める。でも、私を蔑《ないがし》ろにしてほしくない。良一への想いは、ココに負けないつもり」

神官モードのマアロが、強く目を輝かせて良一に迫る。

幸せな雰囲気が一転、再び修羅場を迎え、食堂の空気が凍りつく。

良一もマアロの言葉を茶化《ちゃか》さず、真剣に受け取った。

ココと恋人になったからには、自称妻というマアロの立場も冗談では済ませられない。

なんらかの形でケリをつける必要があるだろう。

「昨日の今日で、答えは出せない」

マアロに対する感情は、良一もうまく自覚できなかった。

確かにマアロは少し幼いながらも、エルフという種族の特徴通りに顔立ちが整っていて、真面目にしていれば美少女と言ってもいいくらいだ。

食い意地が張って、性格もいい加減なところはあるが、いざという時は仲間思いで頼りになる。ココとは少し違った気の置けない関係であり、決して嫌いではないのだが……

「ココにだって告白したばかりで、結婚のことはまだ先だから……今すぐには答えられない」

結局、マアロに純粋な想いをぶつけられ続けて、良一が根負《こんま》けする形になった。

良一が返答を先送りにするとすぐに、マアロはココへと質問の矛先《ほこさき》を変えた。

「……ココはどう？」

「え、私ですか」

ココは一瞬驚きながらも、すぐに冷静さを取り戻して、落ち着いた表情で答える。

「私は、マアロも良一さんの妻になるのは構いませんよ」

「えっ、本当に⁉」

その答えに、良一が一番驚いた。

「私も武家の娘ですし、母が側室《そくしつ》ですからね。良一さんの告白を受ける前から、もし一緒になったら、たくさんの奥さんの中の一人になるかもしれないと、覚悟を決めていましたよ」

「いや、俺なんてそんな……」

「何を弱気でいるんですか。良一さんも貴族の当主なんですから、石川家を将来にわたって繁栄させるくらいの気概を持ってください。本人がそれでどうするんですか」

「ごめんなさい……」

ピシャリと言われて、良一は反射的に謝ってしまう。

「それに、マアロが良一さんを想う気持ちは理解できます。今まで一緒に旅してきて、ブレずに気持ちを固めたのだと思います」

ココの意外な言葉を受けてマアロも少し驚いている。

「ココ……」

「良一さんへの恋心を自覚したのはマアロよりも遅いですが、想いの強さは負けませんよ！」

「望むところ」

当事者である良一を差し置いて、いつの間にか二人の話はまとまった。

マアロは、ココと相談しておくからゆっくり考えてほしいと言って、特に返事の期限を決めなかった。

メアとモアには昨日に続いて朝から刺激が強すぎたが、二人としてはマアロも良一の妻に――家族になるのは反対ではなさそうだ。


修羅場を脱した良一は、執務室に入って仕事に取り掛かるが、気もそぞろで集中できなかった。ただでさえ恋愛経験の少ない彼には、手に余る状況である。

「殿、昨日の今日で大変ですな。休憩でもしますか？」

「悪いな。コーヒーでももらえるかな」

良一は椅子の背もたれに体重を預ける。

同じことをグルグルと考え続けてしまい、頭が茹で上がりそうだ。

こういう時、誰かに相談しようかと考えると真っ先に思いつくのは、頼れるお姉さんポジションのキャリーだった。

彼に相談しようと心に決めたタイミングで、スロントがコーヒーを持ってきた。

「お待たせいたした」

「すまないね、ありがとう」

一口飲んでからホッと息を吐くと、スロントが独り言のように語り出した。

「殿、某も今までの人生で数度、恋仲になった女性がおりました」

「本当に？　なんて聞いたら失礼かもしれないけど、そうなんだ」

良一の言葉に苦笑しながら、スロントは続ける。

「某の意見は参考にならんかもしれませんが、若いうちは勢いで恋愛をしても良いと思いますぞ」

「そんな勢いで恋ができるほど若くもないよ」

「何をおっしゃる、充分お若いですぞ。勢いで突っ走ってできた道は、ともに歩む相手と固めれば良いのです。まず先に道を作ってみれば、選択肢も広がると思いますぞ」

「勢いか……少し考えてみるよ」

良一はもう一杯コーヒーを飲んで、頭を仕事モードに切り替えた。

◆◆◆

午前中に仕事を片付けた良一は、昼食後にキャリーの店に顔を出した。

「あら、良一君。珍しいわね」

「キャリーさん、こんにちは」

昨日の一件があってからも、キャリーは普段と変わらぬ態度で良一を迎えた。

まだ昼食時でお店にも人がいないので、キャリーも腰を据えて相談に乗る。

今朝マアロにも告白されたことや、良一が複数の妻《めと》を娶ることにココは反対していないことなどを話し、意見を求めた。

「マアロちゃんも、とうとう本気になったのね」

「今まで冗談のつもりで言い合ってきましたけど、いざ本気になると、色々と考えちゃって」

「ちょっと複雑に考えすぎているわね。少し状況を整理しましょう」

良一の言葉を聞いたキャリーは薄く微笑んで、人差し指を立てた。

「良一君はマアロちゃんが好き？　嫌い？」

「好きです。ただ、親愛の好きなのか、恋人にしたい好きなのかはわかりませんが」

「そうね。一緒に旅して、共に困難に立ち向かって――そうなれば、想いも複雑になるでしょうね」

キャリーは相槌を打って、良一の素直な気持ちを受け止めた。

「たとえば、良一君がココちゃん一人を奥さんにしたとして、マアロちゃんは領主館から外のお家に出すつもり？　それとも、今まで通り一緒に住むの？　マアロちゃんは神様から良一君を補助するようにって言われているから、きっとあなたの側を離れないはずよ」

「それは、変わらずに領主館で住んでもらって構いません」

キャリーは頷きながら次の質問をする。

「じゃあ、マアロちゃんの告白を受けて嬉しかった？」

「それは嬉しいですよ。自分のことを想ってくれているってだけでも、ありがたいというか……」

「なら、もう答えは決まっているんじゃない？」

「でも、独占欲《どくせんよく》丸出しでいいんですかね？」

「あら、逆にこう考えれば？　二人と一緒になれば、ココちゃんとマアロちゃんの二人とも幸せにできるでしょう？」

「二人とも……幸せに」

キャリーの言葉で、良一は目から鱗《うろこ》が落ちた気がした。少なくとも、良一が受け入れれば、マアロを不幸にはしない。その後幸せになるかどうかは、三人の努力次第だ。

「その自信はある？」

「……はい。あります」

「なら、その想いを直接マアロちゃんに言ってあげなさい」

「わかりました」

キャリーに相談して決心がつき、良一は領主館へと走って戻った。

「若いって良いわね。私も久しぶりに恋をしようかしら」

良一の背中を見送りながら、キャリーがそう呟いた。


良一が領主館に戻ると、ちょうどココとマアロが出かけようとしていたところで、玄関で鉢合《はちあ》わせになった。

「マアロ。朝の告白の答えを言いたい」

良一が切り出すと、マアロは杖を掴む手にギュッと力を入れる。

その姿を見て良一も、彼女が勇気を振り絞《しぼ》って告白してくれたんだと実感した。

「正直に言って、マアロへの気持ちは、よくわからない。けど……好きという感情はある」

良一の返答にマアロはジッと耳を傾けて、ココもその場で静かに聞いている。

「だから、勢いだけになるかもしれないが、マアロとも一緒に気持ちを確かめたい。結婚はまだまだ先だけど、俺と恋人になってくれるか」

良一の言葉を聞き終えたマアロは、全身から力が抜けた様子でその場に座り込んでしまう。

「嬉しい」

マアロはそう短く言ってから、感極《かんきわ》まって声を出さずに泣きはじめた。

ココはそんな彼女に優しく寄り添って、そっと背中を撫でる。

マアロの気持ちが落ち着くまで、三人は黙って時間を過ごした。

数分後、マアロもようやく息を整えて、口を開いた。

「良一に拒絶《きょぜつ》されるかもしれないと思って、不安だった。朝、答えの期限を求めなかったのは、今の関係でも幸せで、ずっとこのままの状態が続くなら、それでも良いと思ったから」

涙で声をうわずらせながら、マアロがゆっくり喋る。

「でも、良一が私の気持ちを受け入れてくれて、本当に嬉しい」

「こっちこそ、マアロの告白は純粋に嬉しかったよ」

そんな良一の言葉を予想していたのか、ココは黙って大きく頷いた。

こうして良一は、ココに続いてマアロとも恋人になったのだった。

◆◆◆

執務室に戻った良一は、スロントにマアロとの顛末《てんまつ》を聞かせた。

「それは何よりでござる。なに、三人の関係はこれから。自分達に合った形を共に模索《もさく》して、築《きず》いていけば良いでござろう」

笑顔で喜ぶスロントとしばらく話をしていると、執事見習いのポタルが二人を呼びに来た。

「男爵様、タケマル商会の方がお見えです」

「お通しして」

良一が許可を出すと、トーベと一緒にヨシュアも入ってきた。

ヨシュアは思いっきり泣いた後なのか、心なしか目の周りが腫《は》れている。

「男爵様、私どもは明日村を発《た》とうと思います。一度イチグウ島に帰りまして、支店の準備をさせていただきたく」

「トーベさん、わざわざ挨拶ありがとうございます」

「また、愚息の身勝手な行動のせいで、あのような大騒ぎを起こしてしまい、申し訳ありませんでした」

トーベ副会頭が頭を下げるのに合わせて、ヨシュアがその場で土下座《どげざ》した。

「石川男爵、大変申し訳ありませんでした」

皆が突然の土下座に驚く中、ヨシュアは平伏《へいふく》したまま胸の内を吐露《とろ》する。

「勝負の前からココは男爵様を想っていると気づいておりました。けれど、三本勝負をさせていただいたおかげで、すっぱり未練を吹っ切ることができました。石川男爵、不躾なお願いながら、どうか……どうかココを幸せにしてあげてください。よろしくお願いします！」

ヨシュアの必死な想いを、良一は正面から受け止めた。

「絶対に幸せにする」

良一の誓いの言葉を聞いて、ヨシュアも頭を起こす。

目に涙を浮かべた彼は、〝御免《ごめん》〟と短く言って、部屋から出ていった。

「これは、とんだご無礼を！」

トーベは息子の無作法《ぶさほう》を平身低頭《へいしんていとう》で謝罪するが、良一もヨシュアの気持ちはわかるとして、問題にはしなかった。

トーベとの会談を終えた良一は、スロントに話しかける。

「ヨシュアはああ言っていたけど、タイミングが違えばどうなっていたかな」

「殿、その言葉はココ嬢にもヨシュアにも失礼に当たりますぞ。殿は胸を張って、今を見てくだされ」

スロントに窘められて、良一は〝たられば〟を考えるのをやめた。

そしてヨシュアに誓ったように、ココと、そしてマアロも幸せにすると、決意を新たにした。

窓から外を見ると、タケマル商会の行商隊が最後の売り出しをする客寄せの声が聞こえてくる。

勝負を通して見せたヨシュアの真剣な姿は村人達にも受け入れられている。今後、彼らがイーアス村に支店を作っても、爪弾《つまはじ》きにはならないだろう。

翌朝、タケマル商会の行商隊は、イーアス村を後にした。

ココはヨシュアと握手して、小声で何か言葉を交わしたようだ。

良一には聞こえなかったが、ヨシュアは晴れ晴れとした笑顔で手を振って去っていった。

「良一さん、幸せにしてくださいね」

「もちろんだ」

隣に戻ってきたココの言葉に、良一は力強く応えたのだった。

エピローグ

タケマル商会の行商隊が去ってから一週間ほど経ち、イーアス村にも日常が戻りつつあった。

ちょうどその頃、噂を聞きつけたキリカから通信デバイスを介して連絡が届いた。

『良一、ココとマアロと恋人になったの？』

「そうだよ」

『まさか、奥手な良一がこうも急に進むなんて……』

キリカはどこか不満そうにブツブツと呟いている。しかし、何か考えがまとまったのか、再びハッキリした口調で話しはじめた。

『結婚式はまだなのよね？』

「そりゃそうだよ。結婚なんて、まだまだ先だよ」

『そう。結婚を決めたら、私にも教えてね』

キリカはそう締めくくって、一方的に通話を切った。

キリカの不可解な態度に、良一はまさか彼女も自分のことを……などと疑うが、さすがに年齢差があるので現実的ではない。良一は頭を振って他愛《たわい》のない考えを追い払った。

さて、ココやマアロと恋人になったといっても、元から領主館で一緒に暮らしていて、夜は談話室に集まって話す日々だったので、生活に大きな変化はない。

そんなある日、モアが良一と遊んでいる最中にポツリと呟いた。

「セラちゃんとシーアちゃんは元気かな？」

「そうか、二人が精霊界に帰ってもう大分経つな」

「お見舞いに行けないかな？」

「そうだな……メラサル島には初めてセラちゃんと会った湖もあるし、飛空艇に乗って行ってみるか」

「やったー！」

いつものメンバーに声をかけると皆も賛成したので、次の休日に全員で湖に行くことになった。

今回はスロントも同行したがったので、留守《るす》はポタルに任せる。

そうして約束の日、良一達はモアに急《せ》かされながら、村から少し離れた森の中に建造した飛空艇の発着場に移動した。

この発着場は、みっちゃんが魔導甲機を用《もち》いて簡易的に整備したものだ。

木々を伐採《ばっさい》して土を固めただけの簡素《かんそ》な造りだが、垂直離着陸《すいちょくりちゃくりく》できる飛空艇には充分だ。

離着陸場所に着くとすぐに、上空から金属の船が降下してくる。

良一達は早速タラップを上って乗り込んだ。

外観は遺跡で手に入れた時と変わらないが、内装は様変《さまが》わりしていた。

前回は最低限の無骨な椅子や机があるだけだったが、今は絨毯やちょっとした置物などの贅沢品《ぜいたくひん》まである。各部屋にもベッドやソファが設置されて、領主館と同等の居心地《いごこち》だった。

調度品や家具は、良一のアイテムボックスにあったものや、旧ドラド王国を解放した際に出てきた美術品など、領主館に飾り切れなかった物を設置している。

倒れて壊れないように、振動や揺れ対策も万全だ。

「ご満足いただけましたか？」

「充分というか、想像以上だよ、みっちゃん」

「気に入っていただけて何よりです。では、早速出発します」

全員がブリッジの椅子に着席したところで、みっちゃんが飛空艇を発進させる。

エンジンの駆動音《くどうおん》が大きくなり、フワッと内臓が浮き上がる感覚の後、船は高度を上げて、湖に向けて進みはじめた。

「巡航《じゅんこう》速度を維持して、認識阻害《そがい》効果を最大にします」

「認識阻害？　まあ、みっちゃんに任せるよ」

みっちゃんによると、外から見てもわからないようになる機能らしいが、説明を聞いても良一にはさっぱりだったので、調整は全てお任せした。

高度が安定したところで、皆席を立ち船内の探索《たんさく》に向かったので、良一も到着まであちこち回ってみることにする。

「殿、これは上手く扱えば莫大《ばくだい》な利益を生めそうですな」

「確かにな。でも、欲しがる人が多すぎて色々面倒臭いだろうね」

「この船の利用価値を考えれば、王命で接収《せっしゅう》されてもおかしくはありませんな」

「あと何隻《なんせき》かあれば、ホーレンス公爵や王城に納めて、堂々と権利を主張できるんだけど」

甲板《かんぱん》に出て、スロントと少しだけ生臭《なまぐさ》い会話をしていると、船はあっという間に目的地である湖に辿り着いた。

ただ、いくら認識阻害機能があっても、観光客がいる湖に着水するのはまずいので、人目を避けて離れた場所に着陸する。

湖まで歩いて一時間ほどかかるが、致《いた》し方ない。

「セラちゃんとシーアちゃんに会えるかな」

「ドーナッツを持って行ったら、大精霊様の方から来てくれるさ」

ドーナッツの匂いを嗅ぎつけて、湖の大精霊がふらっと現れる姿が容易《ようい》に目に浮かぶ。

興奮気味のモアを抑えながら歩いていくと、見覚えのある湖が目に入った。

湖の周囲は遊歩道《ゆうほどう》が整備されており、何人かの先客が歩いている。

良一は記憶を辿って大精霊に初めて会った祠《ほこら》に向かった。

相変わらず認識阻害の魔法がかかっているのか、不自然に人がその一画を避けている。

良一達は迷《まよ》わずに結界の中に入っていく。

すると、今まで見えていなかった小さな石の祠が姿を現わした。

「さて、祠にドーナッツを捧げるか」

良一がアイテムボックスから取り出したドーナッツを捧げると、早速お馴染みの声が聞こえた。

「あら、久しぶり～」

ほんわかした雰囲気を纏って、湖の大精霊が現れた。

一通りの挨拶を終え、モアが一歩前に進む。

「セラちゃんとシーアちゃんは元気ですか？」

「二人のお見舞いに来てくれたのね～」

大精霊がポンと手を合わせて、笑みをこぼす。

「ここならあの子達も大丈夫。ちょっと待っていてね～」

湖の大精霊はそう言って姿を消した。

しばらくすると、セラとシーアの二人を連れて戻ってきた。

「セラちゃん、シーアちゃん！」

「「モア！」」

二人は元気一杯にモアに抱きつく。

久々の再会を喜び合い、三人は溜まっていた話題を、先を争って話しはじめる。

そんな中、シーアがスロントに気がついた。

「あら、あの人は誰なのです？」

「スロントさんはね、すっごく力持ちなの」

セラとシーアは、スロントとは初対面だったが、モアが楽しそうに紹介しているので上手くいきそうだ。

「初めましてでござる。石川男爵に仕える家臣のスロントと申す」

「ねえ、スロントさん、お耳を動かすの、やってよ！」

そんなメア達のやり取りを見ながら、良一は湖の大精霊に話しかける。

「セラちゃんもシーアちゃんも元気そうで安心しました」

「まあね～。精霊界で静養すれば治るのよ～」

「じゃあ、二人はもう大丈夫なんですか？」

「今は元気に話しているけれど、それはこの空間だからね～。モアちゃんと一緒に人間界で生活するのは、まだまだかかるわ～」

「そうなんですか」

せっかく会えたのにまたお別れとなるとモアもがっかりするだろうが、セラとシーアがこちらで暮らせないなら、仕方がない。

「そういえば、良一君は神の塔って知ってる～？」

「神の塔ですか？」

その単語には覚えがある。誕生日に主神ゼヴォスからもらった手紙に書かれていた。

「世界の果てにあると言われている大きな塔よ～。ちなみに、どんな場所だと思う？」

「わかりません」

神の塔と言うからには、とんでもなく大きな塔で、神話に出てくるような場所なのだろう。

「神の塔は、世界と世界を繋いでいるのよ～」

「世界と世界ですか？」

「そう。たとえば～、この人間界と神界、精霊界とかね。そこにある〝世界石〟にもそんな効果があるの～。だから、良一君の村に世界石の欠片《かけら》を持ち帰ってくればいいんじゃないかしら～？」

「そうすれば、セラちゃんとシーアちゃんがまたいつでもモアと一緒に遊べるようになると」

「その通り～」

「なるほど……」

「大昔には、世界石の欠片を手にした英雄が、大精霊と結ばれたという話もあったりなかったり～」

「どっちなんですか。っていうか、結ばれるってのは関係ないんじゃ……」

「ふふふ、でも世界石の効果は本当よ～」

湖の大精霊は意味深《いみしん》に笑ってから話を打ち切った。

「神の塔か……」

これが主神ゼヴォスの手紙にあった〝機会〟ならば、本格的に検討しても良いのかもしれない。

そんなことを考えていると、モアに声をかけられた。

「ねえ、良一兄ちゃん、セラちゃん達といつまで遊んでいいの？」

「ああ……そうだな、暗くなってから出発した方が船も目立たないから、夕方までは好きにして良いよ」

「やったー、まだまだ一杯遊べるね！」

モアは目を輝かせて、セラとシーアにあれで遊ぼうこれで遊ぼうと話しかける。

セラとシーアも楽しそうに笑顔で頷いた。


そうして三人は、良一が準備した遊び道具を使って体力が尽きるまで遊び続けた。

ココやマアロやキャリーも三人と一緒に遊んだが、子供の熱量にはついていけず、休憩を挟みながら交替で対応した。

その間、湖の大精霊は飽きることなくドーナツを食べまくった。

マアロが食べる量など比べ物にならないほどのドーナツが体に収まっているはずなのに、お腹も出ずにシルエットは変わらないままだ。

さすがのマアロも、山と積み上がったドーナツの紙箱を見て腰を抜かした。

やがて日が沈《しず》みはじめ、イーアス村へと帰る時間になった。

「また遊びに来てね、モア」

「今度来てくれた時には、もっと元気になっているです」

「うん。セラちゃん、シーアちゃん、またね！」

さんざん遊んだせいでモアは少し足がふらついているが、気力を振り絞って立っている。

しかし、また今日のように会えると理解しているのか、セラとシーアが湖の大精霊に連れられて精霊界に帰っても涙を流さなかった。

モアは二人が帰ったところで体力の限界を迎えたのか、座り込んでしまう。

「じゃあ、イーアス村に帰るか」

村へと戻る飛空艇の中では、モアだけでなく、メアやマアロも疲れから眠りはじめた。

良一は彼女達を起こさないように小さな声で湖の大精霊に聞いた話をする。

「神の塔に行こうと思う」

「また、殿はとんでもない目的を立てましたな！」

「あらあら」

良一の言葉を聞き、スロントとキャリーが驚きの声を上げた。

しかし、呆れているというよりは、どこか楽しそうな響きが含まれている。

「湖の大精霊様の話では、そこにある世界石の欠片があれば、セラちゃんやシーアちゃんがイーアス村に遊びに来られるようになるそうだ。それに、主神ゼヴォス様の手紙にも神の塔について書かれていたんだ。こうなったら行くしかないと思う」

「神の塔に関しては情報が不足しています」

みっちゃんの言う通り、まずは情報を集めないといけない。

「でも、面白そうですね。私は良一さんについていきますよ」

ココが真っ先に賛同し、他の皆も口々に賛成を表明した。

ココとマアロとの関係も深まり、イーアス村も順調に発展を続けている。

このまま村の領主として安定した生活を送るのも悪くない。

しかし次なる冒険への期待に、良一の胸は高鳴っていた。

貴族になっても、領地を得ても、結婚を約束しても、良一達はまだ見ぬ地への旅を続ける。

彼らは根っからの冒険者なのだ。

あとがき

この度は文庫版『お人好し職人のぶらり異世界旅５』をお読みいただき、誠にありがとうございます。今回は前半と後半で話が大きく変わる内容となりました。

前半は第四巻から舞台となっているマーランド帝国での死闘、後半はメラサル島に帰還しての恋愛話といった構成です。そんな本巻で作者の一番のお気に入りのキャラは、マーランド帝国の都市デルトランテに出てくるカロスです。私には、砂漠《さばく》を治める貴族のキャラクターは能力が平均的に高く、イケメンという謎の先入観《せんにゅうかん》があります。

イラストレーターの青乃下氏の挿絵の中でも、本作屈指《くっし》のイケメンに描いていただきました。大貴族の跡取《あとと》りであり、民衆や部下から信望《しんぼう》の厚いイケメン。設定だけ見たら、主人公の良一よりも目を引くポイントがてんこ盛りになっています。

また、物語の後半では遂《つい》に良一とヒロインが結びつきました。

第一巻から登場していたヒロインのココと第五巻で良一が恋仲になり、作者自身もようやくここまで来たな、という思いです。私としては一番落ち着く塩梅に纏まりました。ココの恋敵役《こいがたき》であるヨシュアも悪い人物ではなく、彼もまた作品が違えば主人公になれる程のキャラとして書きました。
カロスとヨシュアという種類の違う主人公級のキャラクターが出せて、とても楽しかったです。けれども、私が一番好きな今巻のエピソードは、誕生会におけるスロントの宴会芸の場面でした。気の合う仲間と屈託《くったく》なく笑い合える、そんな場面が作者は大好きなのです。
第五巻で異国に赴く大きな旅は一度区切りがつきましたが、まだまだ良一達の旅は続きます。海を越え、森を越え、山を越えて旅をしてきた良一達ですが、次回がラストとなります。あと少しだけ良一達の旅に同行していただければ嬉しいです。

なお、毎度皆様にはお伝えしていることですが、拙作《せっさく》はアルファポリスのＷｅｂサイトで、漫画家の葉来緑氏によるコミカライズが公開されています。女性キャラクター達の魅力や魔導甲機の迫力溢れる登場シーンなど見所満載《まんさい》ですので、是非《ぜひ》、ご覧になってください。
今巻も多くの人達の協力のもと出版されることになりました。関係者の方々をはじめ、読者の皆様には、この場を借りて改めて感謝申し上げます。

よろしければ、最終巻も手に取っていただければ幸いです。

二〇二一年六月　電電世界

大ヒット
異世界×自衛隊ファンタジー
ゲート
自衛隊 彼の海にて、斯く戦えり
GATE SEASON 2
1～5
柳内たくみ 著
Yanai Takumi
1～5巻
好評発売中！
ゲート SEASON 2 1.抜錨編
GATE
自衛隊 彼の海にて、斯く戦えり
柳内たくみ
舞台は異世界の海！ゲート海自編、ついに開幕！
海上自衛隊VS
異世界海賊＆海軍！
累計420万部！ 超スケールの自衛隊×異世界ファンタジー！
文庫1～2巻
（各上・下）
大好評発売中！
GATE ゲート SEASON 2
自衛隊 彼の海にて、斯く戦えり 1 抜錨編
柳内たくみ
上
『ゲート』シリーズ累計
ついに500万部突破！
海自編、待望の文庫化！
豪華賞品が当たる
下
●各定価：660円（10％税込） ●Illustration：黒獅子
●各定価：1870円（10％税込）
●Illustration：Daisuke Izuka

ネットで人気爆発作品が続々文庫化！

アルファライト文庫 大好評発売中!!

魔物蔓延る最果ての魔境で——
無自覚チート ダダ漏れの
お気楽ライフ!?

最強Fランク冒険者の気ままな辺境生活？ 1

紅月シン *Shin Kouduki* illustration ひづきみや

凶悪な魔物が跋扈する辺境の街で
天然勇者、田舎暮らしを大満喫!?

魔境と恐れられる最果ての街に、Fランクの新人冒険者、ロイがやって来た。過酷な辺境での生活は彼のような新人には荷が重い。ところがこの少年、実は魔王を倒した勇者だったのだ。しかも、ロイにはその自覚がないため、周囲は大混乱。彼が無意識に振りまくチートな力で、やがて街は大きな渦に呑まれていく——。元Sランク勇者の天然やりすぎファンタジー、待望の文庫化！

文庫判 定価：671円（10％税込） ISBN：978-4-434-28978-1

ネットで人気爆発作品が続々文庫化！

アルファライト文庫 大好評発売中!!

アラフォーおっさん、ボスモンスターをワンパン撃破!?

1～4巻 好評発売中!

超越者となったおっさんはマイペースに異世界を散策する 1～4

神尾 優 *Yu Kamio*　　illustration ユウナラ

召喚されてボスモンスターを瞬殺するも、激レア最強スキルが制御不能……!?

若者限定の筈の勇者召喚になぜか選ばれた、冴えないサラリーマン山田博（42歳）。神様に三つの加護を与えられて異世界に召喚され、その約五分後——彼は謎の巨大生物の腹の中にいた。いきなりのピンチに焦りまくるも、貰ったばかりの最強スキルを駆使して大脱出！　命からがらその場を切り抜けた博だったが——。不器用サラリーマンの異世界のんびりファンタジー、待望の文庫化！

文庫判　各定価：671円（10%税込）

アルファライト文庫

この作品に対する皆様のご意見・ご感想をお待ちしております。

おハガキ・お手紙は以下の宛先にお送りください。

【宛先】

〒150-6008 東京都渋谷区恵比寿 4-20-3 恵比寿ｶﾞｰﾃﾞﾝﾌﾟﾚｲｽﾀﾜｰ 8F
（株）アルファポリス　書籍感想係

メールフォームでのご意見・ご感想は右のＱＲコードから、
あるいは以下のワードで検索をかけてください。

アルファポリス　書籍の感想　検索

ご感想はこちらから

本書は、2019 年 8 月当社より単行本として
刊行されたものを文庫化したものです。

お人《ひと》好《よ》し職人《しょくにん》のぶらり異《い》世《せ》界《かい》旅《たび》 5

電電世界（でんでんせかい）

2021年 6月 30日初版発行

文庫編集－中野大樹／宮田可南子
編集長－太田鉄平
発行者－梶本雄介
発行所－株式会社アルファポリス
〒150-6008東京都渋谷区恵比寿4-20-3恵比寿ガーデンプレイスタワー8F
TEL 03-6277-1601（営業） 03-6277-1602（編集）
URL https://www.alphapolis.co.jp/
発売元－株式会社星雲社（共同出版社・流通責任出版社）
〒112-0005東京都文京区水道1-3-30
TEL 03-3868-3275
装丁・本文イラスト－青乃下
文庫デザイン―AFTERGLOW
（レーベルフォーマットデザイン－ansyyqdesign）
印刷－株式会社暁印刷

価格はカバーに表示されてあります。

落丁乱丁の場合はアルファポリスまでご連絡ください。

送料は小社負担でお取り替えします。


ISBN978-4-434-28976-7 C0193